30.08.2008
piazzetta Gramsci
21.09.2008
Villaggio delle
Mimose

ET Geografie
1473

Roberto Bertinetti
Londra
Viaggio in una metropoli che non si ferma mai

Einaudi

© 2007 Giulio Einaudi editore s.p.a., Torino

www.einaudi.it

ISBN 978-88-06-18570-1

Introduzione

C'è chi l'ha conosciuta per la prima volta sui banchi di scuola. Magari attraverso il ritratto proposto da Dickens, Stevenson o Wilde. Per altri, forse, è stata la musica a farne un punto di riferimento: Beatles e Rolling Stones, naturalmente, ma anche i suoni acidi e duri del punk, oppure le canzoni zuccherose delle Spice Girls e dei Take That o gli esperimenti multimediali di Damon Albarn. Alcuni, poi, hanno seguito i campionati delle sue squadre di calcio. Per gli addetti ai lavori, infine, costituisce da tempo un laboratorio politico nel quale si elaborano significative novità sul versante della destra e della sinistra. A dispetto dei diversi motivi di interesse, Londra rappresenta per uomini e donne di ogni età un punto di riferimento oltre che una meta turistica di grande fascino.

Quello che accade a Londra trova spazio con buona continuità su stampa e tv, il gossip legato alla famiglia reale riempie le cronache, i suoi palazzi monumentali, il profilo della City, i ponti sul Tamigi, gli altissimi grattacieli eretti negli ultimi anni, i musei oppure la cartina della metropolitana risultano familiari anche agli occhi di chi non l'ha mai visitata.

Ciascuno, insomma, ha una sua idea di Londra, associa a qualcosa di particolare il nome della metropoli. E tutte le letture sono corrette, visto che Londra è una città «al plurale», un puzzle composto da milioni di pezzi diversi tra loro, che sprigionano identica malia verso chi li osserva. Da cosa trae origine questa caratteristica che ben poche altre capitali possiedono? È in *England, England*, un romanzo di Julian Barnes uscito nel 1998, che si può trovare riassunta con lucida e sintetica ef-

.cacia la formula magica all'origine del crescente favore di cui la Gran Bretagna, e Londra in particolare, godono a livello planetario:

> Siamo una nazione antica, ricca di storia, di grande saggezza. Abbiamo ammucchiato caterve di... roba spendibilissima... nell'attuale clima mondiale... Noi siamo ciò che gli altri sperano di diventare... questa è la forza della nostra condizione, la nostra gloria, il nostro investimento commerciale. Noi siamo i nuovi pionieri. Dobbiamo vendere alle altre nazioni il nostro passato e il nostro presente affinché ne facciano il loro futuro.

A teorizzarlo è uno dei consulenti di Sir Jack Pitman, geniale imprenditore deciso a costruire sull'Isola di Wight una copia in miniatura del Regno Unito verso cui dirottare i flussi turistici. Un esperto di marketing territoriale non potrebbe sintetizzare meglio i punti di forza che rendono cosí seduttiva Londra, un *brand* di fama mondiale in grado di accendere desideri di ogni tipo, di garantire emozioni nella mente e nel cuore di chi si appassiona al culto dell'antico o, al contrario, vuole inseguire le ultime tendenze che affiorano nei settori piú innovativi.

Nulla, del resto, manca in quell'immenso parco a tema che è oggi Londra, allestito a beneficio degli adepti della religione della *britishness*, un'insolita forma di idolatria per tutto ciò che è (o viene giudicato) tipico dell'isola e della sua capitale. La genialità di una proposta *all inclusive* risiede proprio nella varietà in pratica infinita delle suggestioni che è in grado di offrire, ottenuta per sovrapposizioni successive, senza che mai il nuovo scalzi l'antico, garantendo invece la pacifica convivenza tra i due ambiti. Chi, insomma, sceglie di consumare il prodotto «Londra» può trovare ancora qualche traccia dell'atmosfera di un tempo sintetizzata in maniera mirabile da George Orwell in *Il leone e l'unicorno*, celebre saggio del 1941 nel quale si cantano le lodi della terra che ama la birra calda, le periferie immerse nel verde, il rumore dei flipper nei pub e le anziane signorine che, pedalando in bicicletta, vanno a ricevere la comunione nella foschia di un mattino ormai autunnale: per verificarlo è sufficiente esplorare l'immensa area intorno a Richmond Park

oppure le strade del quartiere di Hampstead. Se, invece, l'obiettivo è fare esperienza della postmodernità architettonica la zona centrale vicina al Tamigi in cui si trova il London Eye, la
ruota panoramica eretta per celebrare il passaggio del millennio, e l'intera area attigua alla Tate Modern, il museo dalle cui
terrazze si gode la vista completa dello skyline della City, rappresentano la scelta migliore.

Una regia accorta garantisce poi la sopravvivenza dei riti e la
conservazione dei luoghi dove il passato si manifesta in tutta la
sua forza evocativa a beneficio dei turisti. A cosa serve se non
ad attrarre chiassose masse di stranieri il cambio della guardia
lungo Whitehall, per quale altro motivo decine di ufficiali in pensione indossano ogni mattina la divisa variopinta da *Beefeater* e si
dispongono ordinatamente all'interno della Torre, pronti a dare informazioni sull'antica prigione di stato nella quale, ultimo
detenuto, venne rinchiuso nel 1941 Rudolf Hess? La tutela e la
promozione del patrimonio storico rappresentano una priorità
dei governi britannici e Londra ne ha certo tratto considerevo-
li benefici. L'*appeal* di quanto appare agli stranieri carico di significato in termini simbolici e, soprattutto, facilmente identi-
ficabile si manifesta con particolare evidenza nel caso dei *department stores* del West End, sempre affollati, e del favore di
cui continua a godere Harrods, tempio di un lusso decisamente kitsch che però non sembra conoscere crisi. Dove il prodotto più venduto è la borsa verde di plastica offerta a poche sterline ma che reca impresso a caratteri cubitali il nome della ditta (regalata a chi è rimasto a casa o esibita con finta noncuranza
dopo il ritorno in patria servirà a certificare l'avvenuto passaggio nelle immense sale del grande magazzino) e la presenza
dell'orribile altarino eretto dal proprietario in perpetuo ricordo del figlio Dodi, morto a Parigi nell'incidente stradale che nel
1997 costò la vita anche alla principessa Diana, conferma la caduta di stile di un luogo che, in realtà, meriterebbe una visita
solo per un reparto alimentare con un'abbondanza di offerta in
termini di cibi e di vini davvero imbattibile nell'intera Londra.

Occorre citare un altro brano di *England, England* per chiarire la ragione del successo di Londra. Dice Sir Jack Pitman, illustrando la strategia del suo progetto:

> Noi vogliamo che i nostri visitatori sentano di aver attraversato lo specchio, di aver lasciato il loro mondo per entrare in uno nuovo, diverso ma stranamente familiare, un mondo nel quale le cose non avvengono come sul resto del pianeta, ma come in un sogno prezioso.

Se nella finzione narrativa messa a punto con raffinata intelligenza da Julian Barnes è indispensabile costruire un universo alternativo per ottenere il risultato caro a Sir Jack, nella realtà per sperimentare l'effetto di cui parla il visionario imprenditore è sufficiente recarsi a Londra, immenso palcoscenico sul quale va in scena lo spettacolo di una postmodernità capace di promuovere in ogni ambito la ricerca di soluzioni d'avanguardia senza lasciar da parte la tutela dell'antico. Che, poi, questa caratteristica della città si traduca in *business* per chi vi lavora e spinga al consumo chi la visita non costituisce una sorpresa se si tiene conto che, per secoli, gli inglesi hanno costruito la loro fortuna economica sul commercio. Ora è Londra il *brand* da promuovere e l'interesse per quanto avviene nella capitale rappresenta un traino prezioso per una nazione orgogliosa di poter indicare con il proprio presente il futuro di chi la osserva.

Elenco delle illustrazioni nel testo

Londra

Consumi di ieri, consumi di oggi

Dall'esterno nulla marca la differenza con gli altri edifici della stessa strada: la facciata è bianca, priva di un'insegna luminosa visibile a distanza, le vetrine trasmettono il rispetto di un culto del minimalismo persino troppo austero. Basta però varcare uno degli ingressi di Niketown per comprendere immediatamente che all'interno del palazzo eretto in epoca vittoriana su uno dei lati di Oxford Circus, nel cuore del West End, va in scena il fantasmagorico spettacolo dell'invito al consumo in epoca di trionfante postmodernità. A Niketown non si vendono solo scarpe, borse, divise o attrezzi per lo sport. Anzi, i prodotti proposti al visitatore sembrano quasi un elemento secondario, hanno l'aspetto innocuo degli accessori utilizzati per ricostruire, con la miglior cura possibile, gli ambienti dove praticare le diverse attività. Nessuna sollecitazione troppo esplicita all'acquisto, dunque. Almeno all'apparenza l'obiettivo è far nascere emozioni, schiudere le porte di un mondo alternativo, di uno scintillante paese dei balocchi in cui gli adulti possano tornare bambini e i bambini, specularmente, crescere in fretta sino all'età di chi li accompagna. Che poi il magico incanto dell'atmosfera del luogo stimoli in maniera quasi automatica il desiderio di possedere la merce esposta costituisce l'inevitabile effetto di una strategia di mercato studiata per trasformare in divertimento allo stato puro la scelta degli articoli esposti sugli scaffali o lungo i corridoi.

Quello che rende diverso Niketown dagli altri grandi magazzini allineati lungo le vie dello shopping nel centro di Londra è l'apparente leggerezza della proposta commerciale, un ri-

1. Ingresso di Niketown, Oxford Circus.

sultato ottenuto facendo leva sulla suggestione del marchio e sull'immensa possibilità di scelta virtuale offerta al consumatore grazie all'impiego della tecnologia. Mentre altrove si è sommersi – e spesso anche disorientati – dall'eccessiva abbondanza di prodotti, a Niketown viene mostrato solo quanto ritenuto indispensabile. Nel settore delle calzature, inoltre, basta formulare una richiesta ai commessi per trovarsi di fronte agli occhi in pochi minuti l'oggetto prescelto grazie a un innovativo sistema di trasporto interno a vista: le scatole viaggiano su carrucole all'interno di una complessa rete a guida elettronica che costituisce l'ultima evoluzione dell'antico sistema del montacarichi, e vengono recapitate su ogni piano partendo da un enorme deposito ricavato al di sotto del livello stradale. Chi vuole personalizzare un modello di scarpe può farlo semplicemente sedendosi di fronte allo schermo di un computer e accedendo a un programma che permette di decidere con calma e senza intermediari l'abbinamento dei colori per poi farsi spedire a casa l'acquisto addebitandolo sulla carta di credito.

Se Niketown (che ha identiche filiali in altre parti del mondo) ha avuto e continua ad avere un formidabile successo, le ragioni del favore di cui gode non vanno ricercate solo nella popolarità del marchio cui si sommano un'abile strategia di marketing e l'estrema cura nell'allestimento del negozio. Il luogo dove è collocato ha un'importanza fondamentale, perché da oltre un secolo l'area che circonda Oxford Street viene associata in maniera automatica allo shopping dagli abitanti di Londra e dai turisti. Niketown rappresenta la versione contemporanea di una storia con radici antiche e profonde, è l'ambiente in cui il passato e il futuro si fondono. Quanto possa pesare in termini negativi sui risultati di un'impresa commerciale la scelta della zona lo chiarisce l'esito fallimentare dell'avventura del Millennium Dome, gigantesca tensostruttura ideata sulle rive del Tamigi all'altezza di Greenwich da Sir Richard Rogers, il padre, insieme a Renzo Piano, del Beaubourg parigino, costruita in gran fretta e senza badare a spese durante l'ultimo spicchio temporale del Novecento e subito rivelatasi un disastro sotto il profilo economico.

Il fallimento del Dome dimostra che neppure in una metropoli come Londra, dove la tendenza a porsi all'avanguardia in ogni ambito sembra far parte del patrimonio genetico dei suoi abitanti, ciò che è artificiale e privo di un radicamento nella tradizione e nelle abitudini della città riesce a sopravvivere a dispetto di accurate strategie promozionali e di martellanti campagne pubblicitarie. All'origine del collasso di un progetto messo a punto dall'ultimo esecutivo conservatore di John Major e quindi rilanciato dal governo laburista subito dopo il primo trionfo elettorale del 1997 c'è la scarsa cura mostrata nel trarre utili suggerimenti proprio dall'evoluzione delle proposte commerciali nelle aree che da piú di un secolo ospitano le «cattedrali del consumo»: la zona di Oxford Street, Regent Street e Piccadilly, innanzitutto, o le vie di Kensington e di Knightsbridge. Puntare tutte le carte sul lato emotivo, sul presunto valore di un'esperienza, senza aver altro prodotto da vendere che l'esperienza stessa, dunque, non paga. Del resto, viene da chiedersi a posteriori, per quali motivi centinaia di migliaia di persone ogni anno avrebbero dovuto privarsi di venti sterline a testa per conoscere dall'interno un corpo umano, calarsi nell'ecosistema di una spiaggia, mettersi alla guida di un'automobile del futuro, provare a spendere un'enorme cifra in appena sessanta secondi, gelare chiusi in una stanza alla temperatura di un iceberg o guardare il proprio volto che cambia sesso, razza o colore sullo schermo di un computer?

La storia, ormai ultracentenaria, dei grandi magazzini londinesi e gli sviluppi piú recenti degli antichi modelli insegnano che una scommessa commerciale vincente si basa su due elementi decisivi: l'innovazione nella continuità della proposta e l'intelligenza nella scelta del luogo. Oxford Street era zona di divertimento popolare, passeggio e negozi sin dal Settecento e venne privilegiata rispetto ad altre in epoca vittoriana dai primi imprenditori che decisero di proporre anche nel Regno Unito un nuovo modello di vendita al dettaglio messo a punto qual-

2. Oxford Street.

che anno prima negli Stati Uniti, dove A.T. Stewart si era insediato a New York nel 1846 nel suo Marble Palace di quattro piani per poi trasferirsi nel 1862 in un edificio ancora piú imponente. Quasi contemporaneamente anche i francesi sceglievano di imitare gli americani: a metà del secolo nasceva a Parigi il Bon Marché, seguito a breve da La Belle Jardinière e da La Samaritaine e nel 1883 Zola pubblicava il romanzo in cui dava conto di quanto avveniva dietro le quinte dei «paradisi delle signore». Se il debutto dei *department stores* a Oxford Street risale agli anni Settanta dell'Ottocento con le inaugurazioni di D. H. Evans e John Lewis, tuttavia solo nel 1909 con l'apertura del grande magazzino di proprietà di Harry Gordon Selfridge il nome della via inizia a diventare per la borghesia londinese sinonimo di shopping, stabilendo cosí un legame tra la vocazione del luogo e le abitudini degli abitanti o dei turisti che resta ben saldo. Oggi Oxford Street è tra le piú lunghe e affollate arterie commerciali dell'intera Europa, dove a far concorrenza a

Selfridges ci sono John Lewis, Debenhams e Marks & Spencer, oltre a centinaia di negozi di dimensioni decisamente piú ridotte che, insieme ai *department stores*, offrono una varietà di scelta in materia di abbigliamento di lusso o a buon mercato impossibile da trovare in altre aree della capitale. ·

´A poche centinaia di metri di distanza, intanto, nel 1875 Arthur Lasenby Liberty aveva avviato su Regent Street una piccola bottega, destinata in seguito a trasformarsi in un inconfondibile edificio in perfetto stile Tudor che tutti ormai associano al nome della ditta, nel quale ospitava la sua innovativa linea di tessuti oltre a proporre oggetti per la casa importati dall'Oriente. Le nuove regole dell'estetica preraffaellita e dell'*Art Nouveau* facevano cosí il loro ingresso nel quotidiano, favorendo una rivoluzione nello stile dell'arredamento, degli abiti e degli accessori oltre a calamitare l'interesse degli antenati dei moderni stilisti per una zona tanto dinamica e aperta al nuovo. Destinata nel secondo dopoguerra a ospitare coraggiosi innovatori contemporanei nell'ambito della moda, che hanno il merito di aver non solo aperto il mercato alle generazioni piú giovani ma soprattutto di essere riusciti a pennellare con vivaci colori l'intero universo dei consumi. La cui evoluzione, a partire dagli anni Cinquanta, può essere ricostruita attraverso la storia di alcune strade del centro di Londra dove lavoravano gli uomini e le donne che da allora hanno trasformato la capitale britannica in un punto di riferimento a livello mondiale.

Un'incandescente fucina di futuro: Carnaby Street.

Iniziano a prendere vita nel 1954 in una piccola strada alle spalle di Regent Street le nuove tendenze dell'abbigliamento giovanile a Londra e, in seguito, nell'intero Regno Unito. È su Newburgh Street che cade la scelta di Bill Green, un fotografo con la passione del culturismo, quando decide di aprire Vince, un negozio dove vuole esporre e vendere le sue immagini e i capi destinati agli omosessuali abituati a darsi appuntamento nel quartiere di Soho. Newburgh Street possiede numerosi vantaggi agli occhi di Bill Green: a pochi passi c'è un bagno turco frequentato soprattutto da gay e culturisti, a breve distanza, poi, si possono trovare da Marks & Spencer i boxer che, dopo alcuni ritocchi per farli apparire più bassi in vita, vengono fatti indossare ai giovani modelli in posa di fronte all'obiettivo. Gli scatti e gli short di Bill Green non tardano a conquistare un largo successo e presto Vince diversifica l'offerta: costumi da bagno decisamente molto attillati rispetto alle consuetudini del dopoguerra, polo bianche, maglioni in stile italiano, bluse nere importate dalla Parigi esistenzialista, jeans e pantaloni a vita bassa come i boxer ormai esibiti in vetrina sui manichini alternandoli con slip aderentissimi e in tessuto lucido, spesso imbottiti con fazzoletti di carta.

I clienti non mancano e il giro d'affari aumenta con rassicurante continuità: a frequentare Newburgh Street sono, tra gli altri, Peter Sellers e Pablo Picasso, che amano soprattutto rifornirsi di pantaloni di camoscio. Molti attori dei vicini teatri figurano tra gli estimatori di Green, e sono proprio loro a far circolare in città una celebre battuta di George Melly in seguito spesso ripetuta negli spettacoli comici in scena al Palladium: «Sono andato da Vince per comprare solo una cravatta, ma hanno insistito per prendermi anche le misure del cavallo». Bill Green anticipa alcune tendenze della moda destinate a breve a influenzare i gusti e le scelte del pubblico giovanile anche se il suo successo non oltrepassa il confine di circuiti abbastanza ristretti. E proprio da Vince trova lavoro arrivando da Glasgow nella capitale e apprende i segreti del mestiere il giovane John Stephen, che poco dopo rivoluziona la moda maschile imponendo uno stile d'avanguardia a un mercato ormai di massa con i vestiti messi in vendita nel negozio a Carnaby Street, una piccola strada dietro Regent Street.

A far conoscere nell'intero paese le collezioni di John Stephen e offrire una larga notorietà alla via è poi un programma musicale televisivo popolarissimo tra gli adolescenti. E cosí, alla fine degli anni Cinquanta, Carnaby Street diventa un'incandescente fucina di futuro per chi, ormai stanco delle antiche regole in materia di abbigliamento e di stile di vita, è alla ricerca di nuovi capi da indossare e di nuovi modelli ai quali ispirarsi.

L'effervescente creatività in materia di abiti di alcuni coraggiosi innovatori avrebbe in ogni caso prodotto scarsi effetti al di fuori di un gruppo composto da poche migliaia di persone se non si fosse trovata a incrociare le ricadute sociali, culturali e antropologiche di un cambiamento profondo che stava mutando la fisionomia di Londra e dell'intera Gran Bretagna prima di diffondersi in tutta l'Europa. L'improvviso debutto nel mondo del consumo di ragazzi e ragazze al di sotto dei vent'anni permette, infatti, la nascita di un mercato sempre piú ampio per i pantaloni, le giacche, le camicie e gli altri vestiti messi in vendita da John Stephen. Sono almeno due milioni nel Regno Unito, in gran parte proprio nella capitale, calcola Colin McInnes nel 1958 in un articolo uscito sulla rivista «Twentieth Century», e dispongono di almeno tre sterline a testa da spendere in divertimenti ogni settimana, per un totale che supera i trecento milioni nell'arco di un intero anno. Una somma ragguardevole, investita soprattutto in dischi e abiti. Con evidenti ricadute positive proprio su questi settori, in precedenza penalizzati dalle ristrettezze economiche delle famiglie ancora alle prese con le conseguenze del razionamento postbellico.

La rapida crescita dei salari e l'aumento dei posti di lavoro, con l'ingresso all'interno del sistema produttivo delle donne e dei giovani, provocano in fretta una rivoluzione che si manifesta in tutta la sua portata epocale in particolare nella fascia d'età di cui si occupa MacInnes nel suo articolo e quindi al centro delle storie da lui stesso narrate in *Absolute Beginners*, il romanzo del 1959 che meglio di ogni altro sintetizza il significato dei mutamenti in corso a Londra. Una città sorprendentemente docile, dice il protagonista, che si lascia plasmare senza opporre resistenza. Disponibilità di denaro e ampie possibilità offerte a chi ha meno di vent'anni di costruirsi un futuro diverso da quel-

lo dei genitori, aggiunge, rappresentano i segni distintivi della
fase che si sta aprendo:

> I teenager avevano conosciuto la loro ora di gloria al tempo in cui i
> ragazzi avevano scoperto che, per la prima volta da che mondo è mondo,
> disponevano di quattrini – cosa sempre negata loro proprio nell'età mi-
> gliore per spenderli, vale a dire quando si è giovani e forti – e inoltre pri-
> ma che i giornali e la tv si impadronissero di questa favola dei teenager e
> la prostituissero come fanno i venduti con tutto quello che toccano.

Proprio nel moltiplicarsi degli stili e delle proposte commerciali in materia di abiti il boom economico in atto manifesta i suoi effetti piú dirompenti. Iniziando con la caduta di un
tabú mai messo in precedenza in discussione in ambito maschile:
l'impiego del colore, utilizzato da John Stephen senza risparmio. L'esperienza fatta da Vince gli aveva permesso di capire
in fretta che i capi apprezzati da un'élite di eccentrici erano perfetti per soddisfare i gusti dei teenager in cerca di vestiti capaci di indicare con risoluta immediatezza il distacco netto e radicale dalle scelte dei genitori. «Carnaby Street è una mia creazione. Quello che provo nei suoi confronti probabilmente lo
provava Michelangelo di fronte alle statue che scolpiva», dirà
in seguito rievocando il periodo di maggior splendore di una via
diventata un simbolo della creatività inglese e celebrata nella
seconda metà degli anni Sessanta dalla rivista americana «Time» nel numero in cui la *Swinging London* viene proposta come modello di rinnovamento. Se si ignora l'ovvia incongruen-
za del paragone con Michelangelo, è difficile dar torto a John
Stephen, sminuendo il suo decisivo apporto nel definire e imporre un modo di vestire, cui si accompagna una strategia di
vendita innovativa, subito dimostratasi particolarmente adatta
a rispondere alle esigenze del pubblico di massa.

L'ascesa di Stephen è rapidissima: alla fine del 1961 ha ben
quattro negozi a Carnaby Street, nel 1965 inaugura nella stessa strada un immenso *teen store* grande quasi un intero isolato
e due anni piú tardi risulta proprietario di una catena con filiali addirittura in America. La sua filosofia è semplice: lo stile
dell'abbigliamento è la sintesi di popolare e aristocratico, non

deve tenere in alcun conto le gerarchie accettate in precedenza. Il marchio *His Clothes* di Stephen rappresenta per i giovani maschi londinesi una garanzia di trasgressione, la velocità con cui vengono cambiati i modelli e i colori offre suggestioni di un'esclusività solo apparente. Ciò che viene messo in vendita per tutti sembra adatto solo a pochi, alimentando il desiderio di consumo e garantendo a schiere sempre piú vaste di teenager l'opportunità di restare al passo con le nuove tendenze.

L'avventura del commesso di Vince diventato imprenditore non dura a lungo, ma quando termina dopo appena un decennio la moda maschile londinese si è lasciata alle spalle per sempre la tristezza in grigio del dopoguerra e ha messo a punto con allegra e irriverente spensieratezza un nuovo canone di cui si inizia a trovare evidente traccia anche nelle proposte dei *department stores* di Oxford Street o di Regent Street e persino nei templi del lusso esclusivo di Bond Street.

Nel frattempo anche una rivoluzione al femminile conquista la ribalta dopo aver preso avvio in altre zone della capitale. All'insegna di una felicità creativa che, come nel caso di John Stephen, utilizza proprio l'abbigliamento per riassumere lo stile di vita dei giovani e il loro scandaloso amore per il consumo.

✗*A Chelsea e Kensington nei laboratori della nuova gioventú: Mary Quant e Biba.*

Il quartiere di Chelsea, scelto nell'autunno del 1955 dalla giovanissima Mary Quant per ospitare la sua prima boutique, non ha all'epoca l'atmosfera elegante e decisamente snob che possiede oggi. Ad abitarlo e a popolarne le strade non ci sono miliardari di origine straniera, protagonisti della politica, star del giornalismo o della tv ma anziani spesso indigenti e, soprattutto, artisti non troppo fortunati. L'intera zona appare nel complesso degradata sotto il profilo urbanistico, anche se la presenza di un'ampia comunità bohémienne ne garantisce una genuina e spontanea vitalità che affascina la stilista poco piú che ventenne. Scrive Mary Quant ricostruendone l'atmosfera:

> Il Chelsea set era qualcosa che era presente nell'aria e poi è cresciu-to sino a diventare un tentativo di rottura con l'establishment, il primo segnale di un totale cambiamento nella visione del mondo. Il fatto poi che questo cambiamento abbia acquistato forza molto piú rapidamente di quanto si sarebbe potuto immaginare fu un evento imprevisto... Ad ogni modo noi non ci vedevamo come protagonisti di un particolare «set». Semplicemente passavamo il nostro tempo nella zona di Chelsea e tutte le persone con le quali avevamo rapporti possedevano qualcosa che le ren-deva particolari: erano pittori, fotografi, architetti, attori, truffatori, pro-stitute d'alto bordo. Non mancavano nemmeno piloti automobilistici, esperti di pubblicità e giocatori d'azzardo. Ma, in un modo o nell'altro, tutti a Chelsea possedevano qualcosa in piú che li rendeva positivi e li fa-ceva guardare avanti. Forse non erano i migliori nel loro campo. Di sicu-ro, però, erano i piú appassionati.

A spingere verso un'attività imprenditoriale il terzetto com-posto da Archie McNair, una brevissima esperienza di avvoca-to alle spalle abbandonata senza alcun rimpianto per dedicarsi alla fotografia, dall'aristocratico decaduto Alexander Plunket-Greene, poi marito e compagno di lavoro della stilista, e da Mary Quant è il desiderio di riuscire a conciliare il lavoro con il divertimento. Il progetto originario prevede l'apertura di un jazz club abbinato a un ristorante e soltanto in seguito il picco-lo gruppo a caccia di *fun* prima che di guadagni certi decide di investire sul talento sartoriale di Mary, da poco laureatasi al Goldsmiths Art College. Nulla di troppo impegnativo, a dire il vero, visto che il negozio dovrebbe limitarsi a proporre abiti realizzati in casa da Mary o dalle sue compagne di corso al col-lege insieme a qualche capo insolito disponibile sul mercato all'ingrosso. Il punto di svolta è rappresentato dalla scelta di ac-quistare due piani della Markham House, occupati da uno stu-dio legale in via di trasferimento, in ottima posizione a pochi passi dall'inizio della settecentesca King's Road. Diecimila ster-line e la pazienza necessaria per combattere un'aspra battaglia con le autorità comunali sulle modifiche architettoniche della facciata del palazzo sono sufficienti per partire: Bazaar viene

inaugurato senza che nessuno dei suoi proprietari immagini che
l'apertura della boutique sia destinata a mutare in fretta il corso della storia contemporanea della moda e del costume.

Il successo arriva immediatamente: bastano dieci giorni per
esaurire le scorte, e quando una giornalista di «Harper's Bazaar» sceglie uno dei modelli esposti in vetrina per un articolo
sulle nuove tendenze gli ordini iniziano a moltiplicarsi con ritmo sempre piú incalzante. Il terzetto si trova cosí subito costretto a modificare la strategia di partenza, decidendo di dise-
gnare e produrre in proprio tutti i vestiti. In breve Mary Quant
impone una rivoluzione profonda nel canone dell'abbigliamento femminile che non si limita al progressivo taglio della lun-
ghezza delle gonne (la mini nasce in seguito negli anni Sessanta e viene cosí battezzata in esplicito omaggio all'omonima automobile sul mercato dal 1959) ma si caratterizza soprattutto
per l'originalità di una proposta «totale» in perfetta coerenza
con l'idea del *fun*: non solo abiti ma anche accessori, scarpe,
borse, colletti e cinture, pezzi separati che le clienti possono li-
beramente mescolare senza alcun vincolo estetico. Con *Bazaar*
l'estetica del pop indubbiamente entra nella moda e Chelsea ac-
quisisce per incanto una fama di quartiere all'avanguardia destinata in seguito a consolidarsi. Tutto avviene senza alcun dettagliato progetto alle spalle, ma in virtú della naturale capacità
di Mary Quant di intercettare il mutevole spirito del tempo, di
racchiudere in una filosofia di vendita innovativa e in un taglio
sartoriale provocatorio il desiderio di indipendenza di una generazione di ragazze stanche del canone ereditato dalle loro ma-
dri, rese piú sicure di se stesse dall'allargamento di un mercato
del lavoro in grado di offrire una tranquillità sotto il profilo economico e una libertà impensabili sino a poco prima.

È ovviamente impossibile per Mary Quant mantenere a livello poco piú che artigianale la sua attività dopo aver ottenuto una fama planetaria, mentre il suo volto incorniciato dal celebre taglio a caschetto di Vidal Sassoon diventa un'icona, le riviste americane ne celebrano l'inesauribile creatività e guadagna
lodi persino sulle pagine del «Sunday Times», che certo non si

segnala all'epoca per il favore accordato a scelte poco in linea con consolidate abitudini inglesi. Non ci sono, dunque, alternative alla scelta di dar vita a una prospera multinazionale capace di vendere vestiti e accessori in ogni parte del mondo e, soprattutto, di stringere preziose alleanze strategiche con le grandi catene che la metteranno al riparo dalle pesantissime conseguenze della crisi economica che si abbatterà sull'intero Occidente all'inizio degli anni Settanta. Difficile, poi, non notare come il percorso imprenditoriale della giovane e coraggiosa laureata al Goldsmiths Art College sembri riassumere le caratteristiche piú innovative della *Swinging London* e il futuro dell'intero sistema produttivo britannico, anticipando una vocazione postindustriale in seguito destinata a manifestarsi compiutamente in tutta la sua importanza.

A contendere a Mary Quant il favore delle ragazze e delle signore è Barbara Hulanicki, inventrice del marchio Biba, anche lei protagonista di un'avventura che la porta in pochi mesi dai piccoli laboratori alla produzione su scala industriale. La storia di Biba documenta la spensieratezza un po' incosciente di un periodo in cui ogni scommessa nel campo della moda sembra destinata al successo. Nonostante gli ammonimenti degli economisti, persuasi a partire dalla metà degli anni Sessanta che il boom non può durare in eterno, nella metropoli orgogliosa di rappresentare un modello per l'intero Occidente ben pochi pongono limiti ai propri progetti o avvertono la presenza di un immateriale confine da non oltrepassare. Tra questi non figura Barbara Hulanicki, decisa a far concorrenza a Mary Quant sul terreno dei prezzi, baciata in fretta dal successo dopo che all'inizio del maggio 1964 il quotidiano «Daily Mirror» dedica un'intera pagina a un suo vestito a quadretti in cotonina rosa accompagnato da un «foulard alla Brigitte Bardot» messo in vendita per posta al prezzo di venticinque scellini. In pochi giorni arrivano ben diciassettemila richieste da ogni angolo della Gran Bretagna e per la proprietaria della Biba Postal Boutique il trionfo sembra davvero a portata di mano.

L'apertura di un negozio a Londra è il passo successivo ri-

tenuto inevitabile e la scelta cade su un edificio di Abingdon
Road, a Kensington, con le finestre e gli interni decorati in nero e oro, colori adattissimi per lo stile preraffaellita degli abiti.
L'ascesa di Biba prosegue senza incontrare significativi ostacoli, resa ancora piú agevole dall'interesse subito mostrato da numerosi protagonisti della musica e, soprattutto, dalle star della
televisione. Kensington si affianca cosí a Carnaby Street e a
Chelsea nel dettare le nuove regole dell'abbigliamento giovanile, la fama acquisita da Abingdon Road spinge verso l'alto i guadagni di Biba, la cui immagine viene affidata a una modella sco-
perta per caso in un salone di parrucchiere dove lavora suo fratello: è Twiggy, diciassettenne dal corpo filiforme, con gambe
lunghissime e poco seno, ritenuta perfetta per riassumere le caratteristiche fisiche delle figlie del dopoguerra, «meravigliose
creature pelle e ossa a causa di un'infanzia priva di proteine»,
secondo la stessa Biba.

La crescita senza sosta del fatturato e delle clienti spingono
Biba a un primo trasloco nel marzo del 1966 in un negozio piú
grande a Kensington Church Street, dove entrano a fare acquisti Mia Farrow, Barbra Streisand, la principessa Anna, Ma-
rianne Faithfull, Brigitte Bardot e Yoko Ono. Sul finire degli
anni Sessanta Biba decide, poi, di aprire un vero e proprio *department store* a Kensington High Street investendo una somma enorme (oltre quattro milioni di sterline) per rilevare gli oltre trentamila metri quadri resi disponibili sul mercato per la
chiusura di una ditta di tappeti. L'obiettivo, dichiarato in maniera aperta alla stampa, è di far concorrenza ai grandi magazzini del West End, ma i risultati non sono pari alle attese. «*Big
Biba* nasce dall'idea di vendere a un pubblico di massa tutto ciò
che risponde al suo gusto, ma è diventato un locale notturno
dove la gente va solo per guardare piuttosto che un normale negozio. E cosí lo stile trasgressivo di Biba ha perso forza e originalità», spiega il giornalista Peter York in un articolo su «Har-
pers & Queen». Nel 1975 Big Biba chiude, la merce ospitata
nell'immenso edificio viene messa all'asta. Il fallimento imprenditoriale di Barbara Hulanicki è il segno piú evidente e vi-

sibile che l'epoca della rivoluzione allegra e colorata dei teenager è soltanto un ricordo del passato. In Gran Bretagna i consumi vengono ormai compressi dalla crisi economica, la settimana lavorativa è limitata a tre giorni e un ministro in carica si
presenta addirittura in tv per spiegare agli uomini la tecnica migliore per radersi al buio. Come era già avvenuto in coincidenza con l'epoca del boom, anche alla metà degli anni Settanta la
moda elabora a suo modo il cambiamento in corso, ne riassume
il significato e la portata incrociandosi con le culture giovanili.
Ma questa volta racconta una storia piena di rabbia, decisamente molto diversa da quella narrata attraverso i loro abiti da
John Stephen, da Mary Quant e dalla stessa Biba.

AnarChic a King's Road : il punk.

Se l'elemento piú interessante e significativo della sperimentazione britannica nell'ultimo mezzo secolo in ambito artistico è rappresentato da una stupefacente capacità di produrre
e proporre senza sosta virus apparentemente letali di irriveren-
za estetica e politica che finiscono sempre per trovare acco-
glienza ai piani alti del sistema, allora il punk costituisce la sintesi migliore di una strategia dimostratasi ogni volta vincente.
Che i protagonisti di quell'avventura non si siano imposti in-
cantando il pubblico con la fiaba dai toni lieti e un po' cara-
mellosi che tanto era piaciuta ai teenager ma facendo invece leva su elementi decisamente cupi, in particolare su un desiderio
di trasgressione spesso intriso di violenza, non sembra certo un
elemento in grado di introdurre una variante significativa del
modello di base. Lo schema di fondo utilizzato per calamitare
l'interesse di una nicchia di consumo e quindi imporre una tendenza di massa resta lo stesso, segnalando una sostanziale continuità tra quanto avviene nel West End o a Chelsea dove si insediano John Stephen e Mary Quant e nell'area scelta da Malcolm McLaren e Vivienne Westwood per inaugurare la loro
fortunata carriera nel mondo della moda e, in seguito, della mu-

sica. La distanza dai luoghi in cui si dettano le regole da sovvertire non è mai particolarmente accentuata, mentre lo scarto dal canone appare sempre netto, cosí da guadagnare senza troppa fatica l'attenzione di chi ha scelto di trasformare in attività quasi quotidiana la caccia alla tendenza piú innovativa.

L'irresistibile ascesa della fortunatissima coppia composta da Malcolm McLaren e da Vivienne Westwood si fonda su un paio di idee di una semplicità quasi elementare, che in seguito divengono precetti rivoluzionari per gli adepti del culto punk: far ricorso ai simboli visivi e ai materiali piú degradanti cari alla cultura popolare (in testa alla lista ci sono le merci dei pornoshop) per esprimere il disgusto verso l'establishment, e quindi garantirsi che l'appartenenza al gruppo sia certificata senza alcuna possibilità di equivoco dall'utilizzo dei loro abiti. Un gioco di evidente matrice pop, dunque, cui si sommano briciole di filosofia politica di stampo anarchico raccolte dallo stesso McLaren durante i vagabondaggi giovanili attraverso le scuole d'arte londinesi durante i quali, a suo dire, apprende un principio fondamentale: «Il mondo si fonda sul plagio. Se uno non ha il coraggio di rubare le idee che lo ispirano significa che è uno stupido». Che poi il cortometraggio mai terminato, di cui si occupa per alcuni mesi alla fine degli anni Sessanta, si intitoli *Oxford Street* offre un indizio probabilmente non secondario per comprendere l'oggetto del desiderio e del plagio in una nazione dove, teorizza, «sono i vestiti a far venire il batticuore alla gente».

A realizzare materialmente gli abiti adatti a corrispondere all'estetica di McLaren («Bisogna essere infantili, irresponsabili, irriverenti. Bisogna essere ogni cosa che questa società detesta», annota in un sintetico manifesto programmatico del 1970) è Vivienne Westwood, conosciuta durante una delle abituali passeggiate lungo King's Road. Quando la coppia decide di avviare un'attività commerciale la scelta cade su una bottega di oggetti di seconda mano al numero 430 della via, «un posto per droghe, eccentricità e incontri particolari» secondo gli storici del movimento. L'esordio avviene nel 1971 in sordina con il nome di Let it Rock, mutato in Too Fast to Live, Too

Young to Die nel 1973 senza ottenere migliori risultati. Che invece arrivano a partire dall'anno successivo quando da una nuova metamorfosi nasce Sex, boutique a soggetto di colore nero dove il porno viene utilizzato come ingrediente fondamentale per la linea d'abbigliamento esposta in vetrina e messa in vendita all'interno.

A diffondere con fulminea rapidità la fama di Sex nell'intera Londra è Pamela Rooke, nota tra i punk come Jordan, giovane commessa priva di tabú che indossa senza alcun imbarazzo i capi creati per il negozio. Ecco il suo racconto:

> Di solito andavo a lavorare con addosso una calzamaglia e calze a rete, a volte solo con le calze e dei mohair larghi con imbottiture in raso sul davanti. Oppure con un gonnellino da tennis con le racchette disegnate sui lati: molto, molto corto. Quando persi l'alloggio a Drayton Place ripresi a fare la pendolare da Seaford, nel Sussex, qualsiasi cosa indossassi al lavoro l'avevo anche in treno e non portavo il soprabito. Ebbi un sacco di problemi, ma del resto cosa dovevo aspettarmi? Certe volte salivo sul treno e tutto quello che avevo addosso erano le calze, le giarrettiere e un top di lattice aderente. Alcuni pendolari diventavano matti a guardarmi, ma probabilmente gli piaceva anche se, stretti nei loro colletti, sembravano patire un po' il caldo e sudavano stringendo in grembo il giornale.

Se Jordan riesce miracolosamente a evitare una denuncia, due poliziotti arrestano invece Alan Jones alla fine di luglio del 1975 mentre risale King's Road diretto verso Piccadilly indossando una T-shirt ideata da Vivienne Westwood nella quale sono raffigurati due uomini senza pantaloni, con i genitali enormi eloquentemente vicini. Pochi giorni dopo la notizia dell'arresto e del processo è sulla prima pagina del «Guardian», il 7 agosto anche Malcolm McLaren e Vivienne Westwood vengono incriminati per aver esposto e messo in vendita «materiale osceno». Subito decine di giornalisti si precipitano da Sex per verificare di persona la fondatezza dell'accusa, garantendo con i loro articoli un'immensa (e soprattutto gratuita) pubblicità al negozio nel quale presto iniziano ad accalcarsi gli abituali frequentatori della parte piú modaiola e chic della via.

Le magliette apertamente provocatorie sfornate e messe in

commercio in rapida successione, nelle quali, tra l'altro, sono raffigurati Topolino e Minnie impegnati in un *petting* molto spinto e Biancaneve coinvolta in un'orgia dai sette nani, garantiscono a *Sex* incassi in costante aumento e problemi con la giustizia che si tramutano ogni volta in spazio sulla stampa. Sulla base di queste premesse sembra ovvia la scelta successiva di cavalcare l'onda della protesta politica che nello stesso periodo incendia Londra e tocca il suo apice in una Notting Hill ancora abitata prevalentemente da minoranze di colore, dove al termine del Carnevale caraibico estivo nell'agosto del 1976 scoppiano violenti scontri che si chiudono con il pesante bilancio di oltre quattrocento feriti e sessanta arresti.

Risuonano alti gli squilli della rivolta giovanile nella capitale di una Gran Bretagna che vede l'inflazione salire senza controllo e il numero dei disoccupati crescere sino a travolgere ogni record storico. Malcolm McLaren e Vivienne Westwood sono ancora una volta velocissimi nell'intuire la maniera migliore per trarre profitto e pubblicità da quello che sta accadendo, come dimostra la decisione di cambiare l'arredo e il nome del negozio. *Sex* muore e il suo posto viene preso pochi giorni prima di Capodanno da Seditionaries. Clothes for Heroes, che spedisce in soffitta l'iconografia porno. Cosí lo stesso McLaren sintetizza la metamorfosi:

> L'interno era modernissimo, spartano e primitivo. Ai muri appendemmo enormi fotografie di Dresda bombardata durante la guerra. Poi mi venne in mente una cosa divertente: Piccadilly. Mettemmo una immagine capovolta della piazza. Quindi, per rafforzare il senso di bombardamento, aprimmo degli squarci nel controsoffitto da cui filtrava una luce fioca. C'era inoltre un cartello bianco con sopra la «A» anarchica in nero e la scritta «Per soldati, prostitute, lesbiche e punk». Vivienne ebbe la splendida idea di confezionare una maglietta in mussolina. Io creai il simbolo «Destroy»: la svastica con la croce capovolta, la Regina con la testa rotta e la parola 'Destroy' a caratteri cubitali. Finí tutto su quelle fantastiche T-shirt con le maniche lunghe, che potevano essere tenute rimboccate utilizzando collari per cani. Li avevo visti in un negozio di articoli per feticisti e mi sembrarono perfetti per il nostro progetto.

Il bizzarro bricolage estetico ottiene un vasto e rapido successo, al quale non è certo estraneo lo scandalo che accompagna un'esibizione televisiva dei *Sex Pistols*, la band creata e promossa da McLaren con il compito di diffondere a beneficio di una platea ancora piú vasta del solito le parole d'ordine del movimento. Ma stabilire un banale rapporto di causa ed effetto tra il favore di cui gode il punk nella Londra in fiamme della fine degli anni Settanta e la fulminea corsa dei *Sex Pistols* verso il vertice delle classifiche non pare utile per chiarire il significato di quanto accade durante i mesi che seguono l'apertura di Seditionaries e di altri negozi, sempre a King's Road, all'insegna del medesimo stile sovversivo. In realtà il punto fondamentale sembra essere rappresentato dall'improvviso cementarsi di un legame tra una forma di consumo d'avanguardia, caro a una ristretta élite artistica o sociale, e il nuovo gusto in materia di abbigliamento di un'ampia fascia giovanile che nei simboli esibiti sul corpo e nei messaggi contenuti nelle magliette individua lo strumento piú adatto per esprimere la propria rabbia.

La conseguenza di maggior rilievo è costituita dal sotterraneo legame che si crea tra i professionisti dello scandalo di King's Road e i frequentatori abituali dei mercati dove si trovano a basso costo gli stessi abiti messi in vendita da Seditionaries o da altri negozi aperti a pochi metri di distanza per offrire identici prodotti. L'interesse di massa per le bancarelle allineate ogni fine settimana a Portobello Road o a Camden Town nasce e si consolida proprio in questo periodo: esplorando quei quartieri allora degradati è infatti possibile acquistare con pochi spiccioli cose identiche a quelle proposte dai raffinati teorici dello choc estetico di Chelsea e alla caduta delle barriere tra centro e periferia si accompagna la scomparsa del confine tra alto e basso, tra buon gusto e cattivo gusto.

Quando durante il difficile inverno tra il 1978 e il 1979, con i sindacati perennemente sul piede di guerra contro il governo e l'esecutivo laburista guidato da James Callaghan ormai alle corde, gli stessi tabloid popolari che appena pochi mesi prima avevano chiesto a gran voce la messa al bando del movimento (*Punite i punk!*, strillava un titolo di prima pagina del «Sunday Mirror» mentre *God Save the Queen* dei *Sex Pistols* scalava le

classifiche musicali) iniziano a utilizzare senza risparmio in copertina le stesse frasi abitualmente impiegate da Malcolm McLaren per le T-shirt di Seditionaries (*Non c'è futuro*, profetizza il
«Sun», *Nessuna pietà* auspica il «Daily Mirror») diventa chiaro
a tutti che la distanza espressiva tra l'avanguardia anarchica e
le classi alle quali si rivolgono i tabloid è ormai colmata.

Nuovi luoghi e nuovi stili dello shopping contemporaneo.

«I soldi non attraversano il fiume», si diceva un tempo a
Londra per sottolineare la differenza di reddito tra chi abitava
la sponda settentrionale e quella meridionale del Tamigi. Per
quasi tre secoli, del resto, la città era cresciuta e si era sviluppata verso nord, mentre a sud trovavano spazio gli immensi
quartieri-dormitorio o le attività legate al porto. Sono stati sufficienti pochi anni per avviare e portare a termine una rivoluzione urbanistica che ha cambiato il volto della capitale, facendo affluire uomini e donne con un solido conto in banca in
splendidi appartamenti ricavati negli edifici ristrutturati dove
in precedenza venivano stivate le merci, oppure persuadendo
imprenditori coraggiosi che valeva la pena di investire e scommettere in aree diverse da quelle tradizionali. Con il risultato
che oggi sulla sponda meridionale, nella porzione centrale di
Londra che inizia con Westminster Bridge e termina poco dopo Tower Bridge, si possono trovare negozi, centri commerciali
o laboratori di designer con una densità pari (se non superiore)
a quella di altre zone, insieme ad alcuni tra i simboli della nuova stagione: l'immensa ruota del London Eye, la Tate Modern,
il Globe elisabettiano ricostruito con filologica cura, la City
Hall, avveniristica sede amministrativa della città.
    Declino e decadenza dell'antico cui fa seguito la tempesta
dell'innovazione. È questo il processo che rimodella in fretta il
cuore di Londra a nord come a sud del Tamigi e ridefinisce lo
stile di vita dei suoi abitanti dopo la grave crisi degli anni Settanta e Ottanta, sottraendo al degrado molti spazi in cui erano

divampati i focolai della rivolta giovanile. Nulla viene distrutto, tutto è trasformato con un'allegra e coloratissima creatività
che induce all'ottimismo quella *middle England* protagonista della rinascita. Eccellenti esempi della metamorfosi sono offerti da
quanto accade a Notting Hill e a Covent Garden: nel primo caso il quartiere degli immigrati descritto da Colin MacInnes nel
romanzo *Absolute Beginners* si riempie di esponenti dell'alta borghesia e di artisti di successo, mentre i mercati di Portobello e
di Camden perdono gran parte del loro stile alternativo e offrono spazio a raffinate tendenze d'avanguardia; nel secondo le
strutture che sino al 1974 avevano accolto il commercio all'ingrosso della frutta e della verdura vengono restaurate e ricon-
vertite per ospitare a partire dal 1980 bar, ristoranti o lussuosi
negozi di abbigliamento e di accessori. In un Regno Unito che
vede declinare senza troppi rimpianti il peso complessivo dell'industria e crescere quello del terziario avanzato, la caratteristica piú significativa della capitale tra la fine del XX secolo e l'inizio del XXI è costituita dalla pacifica convivenza nelle medesime strade di stili apparentemente antagonisti tra loro, cui si
somma una massiccia presenza un po' ovunque di catene di negozi diffuse a livello planetario.

Messa da parte ogni conflittualità di matrice estetica, con
una Vivienne Westwood celebrata nei musei e inserita nel 1992
dalla regina Elisabetta nel ristretto elenco delle signore premiate
con il titolo di *Dame*, è la sostanziale equivalenza delle proposte nelle zone di antica solidità commerciale e in quelle di piú
recente tradizione a rappresentare oggi la caratteristica distin-
tiva della *Cool Britannia* postmoderna, un paese che ha elevato
a culto nazionale il dinamismo di cui ha saputo dar prova in questi ultimi anni. Nella metropoli dove un lavoratore ogni dieci è
un indipendente che vede garantito il proprio reddito da attività riconducibili alla sfera della *new economy*, dove si registra
un altissimo ricambio al vertice della piramide degli impieghi
d'élite con una rotazione di circa il trenta per cento ogni dodici mesi nei settori della consulenza e dei servizi finanziari e dove, infine, l'impetuosa crescita dei valori immobiliari si tradu-

ce in maniera quasi automatica in una ricchezza sostenuta dai
flussi turistici e da un continuo incremento del prezzo delle abitazioni, il segno distintivo nell'ambito dei consumi non è piú
costituito da una creatività ribelle ma dalla presenza diffusa di
un'offerta opulenta capace di sommare le merci, il cui *glamour*
è certificato dal favore internazionale per il *London style*, sinonimo di un'effervescenza che poche altre capitali al mondo possono al momento vantare.

La crescita delle proposte, il moltiplicarsi delle aree vocate
al commercio e allo *shopping* rischia di gettare nell'imbarazzo il
visitatore della città con poco tempo disponibile. Sino a un recente passato, infatti, l'itinerario classico suggerito da tutte le
guide poteva venire seguito senza dimenticare nessuna delle tap-
pe consigliate. Di solito la passeggiata iniziava a Piccadilly Circus, prevedeva soste lungo Regent Street per poi immergersi
nella caotica Oxford Street, la via dei giganteschi *department
stores*, imboccata verso sinistra all'altezza di Oxford Circus. Una
volta raggiunto Selfridges, a poche centinaia di metri da Marble Arch, e al termine di un'inebriante incursione all'interno
del grande magazzino, era possibile iniziare a pianificare un percorso di ritorno verso il punto di partenza che comprendesse un
attraversamento di Mayfair, il quartiere del lusso sin dall'età
vittoriana. Sotto questo profilo New Bond Street, con le sue
strabilianti gioiellerie, gli splendidi negozi di abbigliamento, le
magnifiche gallerie d'arte, costituiva una meta obbligata e per-
metteva di far tappa in Old Bond Street per avviarsi quindi verso la monumentale Piccadilly, dove l'itinerario si concludeva
con una visita al settecentesco Fortnum & Mason, tempio della raffinatezza alimentare che sin dall'epoca della sua nascita
rifornisce la famiglia reale, per poi riapprodare di nuovo a Piccadilly Circus. Poche fermate di metropolitana erano quindi
sufficienti per raggiungere la stazione di Knightsbridge e riemergere di fronte a Harrods, il *department store* dove solo i piú
agiati tra i turisti potevano prendere davvero in considerazione l'idea di acquistare gli articoli messi in vendita a causa dei
prezzi elevatissimi.

Anche se, naturalmente, questo itinerario non copriva l'intera gamma delle proposte commerciali londinesi in grado di affascinare il visitatore straniero, ne offriva una sintesi abbastanza completa e comunque poteva essere portato a termine entro un arco temporale non troppo esteso: poche ore per chi, marciando di buon passo, non voleva andare oltre un'occhiata superficiale, un paio di giorni per le persone decise a gustarsi ogni particolare. Oggi chi si limitasse a seguire questo percorso ritornerebbe in patria senza aver visto alcune delle cose di maggiore interesse nate durante gli ultimi anni. La già citata riqualificazione della sponda meridionale del Tamigi ha permesso, ad esempio, l'insediamento di raffinati negozi di abiti o di design all'interno dell'area che inizia alle spalle del London Eye e termina con il Design Museum fondato da Terence Conran (l'inventore negli anni Sessanta del marchio Habitat, uno dei piú geniali innovatori britannici del XX secolo in materia di arredamento) che sorge in prossimità di Tower Bridge. Anche i moli e gli approdi nella parte nord del fiume sono stati oggetto di restauro: la zona di Wapping, a breve distanza dalla Torre, è di sicuro interesse per chi cerca l'equivalente contemporaneo della ricerca sviluppatasi tra gli anni Cinquanta e Settanta a Carnaby Street, nella Chelsea di Mary Quant o nella King's Road dei punk. A far concorrenza a Wapping sotto questo profilo c'è la zona compresa tra Leicester Square, a pochi passi da Piccadilly Circus, e Covent Garden, un labirinto di strade dove è facile trovare negozi di abbigliamento d'avanguardia con prezzi non troppo elevati. Sono invece decisamente alti i costi dei capi esposti nelle vetrine delle raffinate boutique aperte un po' ovunque a Notting Hill, concentrate in particolare a Golborne Road, una via che può essere imboccata dopo aver percorso verso nord Portobello Road. A inaugurare la metamorfosi di Golborne Road è stata nel 2003 Stella McCartney, figlia di Paul e astro nascente di una nuova generazione di stilisti, che ha aperto il suo quartier generale londinese in una chiesa sconsacrata eretta nell'Ottocento, presto imitata da altri audaci sperimentatori nel campo della moda affluiti in un'area un tempo considerata ad alto rischio sotto il profilo della sicurezza e oggi ritenuta dagli esperti tra le piú chic e di tendenza dell'intera capitale.

Due fenomeni molto diversi tra loro stanno poi segnando il presente di Londra sotto il profilo delle proposte commerciali. In primo luogo emerge la diffusione apparentemente inarrestabile delle grandi catene che si rivolgono a una clientela con un reddito medio o basso, la cui presenza annulla le antiche differenze tra i quartieri. Dappertutto, ormai, sono presenti le medesime insegne: boutique Gap, caffè Starbucks, supermaket Tesco, cinema multisala Odeon, farmacia Boots, libreria Waterstone, edicola W. H. Smith. Per far loro spazio, ha calcolato il quotidiano «Guardian», circa cinquanta botteghe indipendenti ogni settimana sono costrette a chiudere. Per chi invece occupa la parte piú alta della scala sociale i guru del marketing hanno messo a punto un nuovo modello che riunisce sotto lo stesso tetto attività un tempo separate. La filosofia del *life-style shop*, applicata con successo ai grandi magazzini di antica tradizione del West End o a negozi inaugurati in tempi piú recenti nel centro della città o nelle aree riqualificate sulle sponde del Tamigi, prevede il moltiplicarsi delle offerte, la cui qualità e il cui valore sotto il profilo simbolico sono garantite dal marchio che le propone. Varcando la soglia di Nicole's, a New Bond Street, è ad esempio possibile comprare un abito, prenotare un viaggio all'estero, scegliere un oggetto d'arredamento per la casa o consumare uno spuntino a base di piatti esotici. Si tratta dell'evoluzione su larga scala dell'antico schema dei grandi magazzini, utilizzato però in ambienti piú raccolti e decisamente piú raffinati, ai quali spesso ha accesso solo un numero relativamente basso di clienti con una notevole disponibilità in termini economici.

Per rispondere all'offensiva e recuperare terreno i maggiori *department stores* hanno scelto di adeguarsi alla novità, puntando su un tipo di servizio che in precedenza non offrivano e raggruppando le merci in modo diverso rispetto al passato. Ecco come racconta quanto sta avvenendo Vittorio Radice, manager di origine comasca a lungo direttore generale di Selfridges e dal 2002 nel consiglio di amministrazione di Marks & Spencer, uno dei grandi magazzini di Oxford Street con filiali nell'intero Regno Unito:

> Lo status ottenuto dai clienti attraverso il marchio è ormai diventato un elemento di fondamentale importanza per affermare l'identità dei consumatori che attraverso gli acquisti vogliono dimostrare il livello del loro tenore di vita. L'epoca della guerra dei prezzi è ormai alle spalle, le scelte vengono fatte prendendo in esame altri elementi.

Senza il vertiginoso aumento della ricchezza registratosi nel corso degli ultimi anni la rivoluzione del *life-style shop* non sarebbe stata ovviamente possibile, mentre oggi il moltiplicarsi di questo tipo di proposta accompagna e contraddistingue l'incremento delle aree con una spiccata vocazione per il commercio di lusso. Sarà forse meno audace e trasgressiva di un tempo la Londra in cui Niketown diventa il simbolo dello shopping contemporaneo. Ma certo è anche una metropoli cosmopolita, che ha perso quelle caratteristiche provinciali da alcuni ritenute l'anima di una *britishness* ormai relegata nel baule dei ricordi. Come è in grado di testimoniare chiunque rammenti l'orribile cucina del passato e abbia verificato oggi i benefici effetti prodotti dalla generosa apertura verso ingredienti e sapori provenienti da ogni parte del pianeta.

La rivoluzione a tavola.

«Sul continente esiste il buon cibo, mentre da noi ci sono le buone maniere a tavola», ammetteva sconsolato il giornalista George Mikes nel 1949. Oggi la situazione appare radicalmente diversa: nella primavera del 2007 la graduatoria dei migliori cinquanta ristoranti al mondo della rivista «Restaurant Magazine» vede al secondo posto The Fat Duck, aperto da Heston Blumenthal in un piccolo villaggio del Berkshire, a ovest di Londra, e altri sei locali della capitale figurano nelle posizioni di

vertice della classifica. Nonostante sia difficile scacciare il sospetto che gli esperti di «Restaurant Magazine» abbiano peccato di partigianeria – la rivista viene stampata e venduta nel
Regno Unito – tuttavia è fuor di dubbio che la cucina inglese
abbia compiuto enormi passi in avanti durante gli ultimi anni.
All'origine della rivoluzione ancora in atto ci sono due fenomeni intrecciatisi con benefici effetti per l'intero settore: i contatti sempre piú diretti e frequenti dei britannici con le abitudini alimentari di altri paesi grazie al robusto incremento dei
flussi turistici verso l'estero, cui si somma l'interesse per i cibi
un tempo ritenuti «esotici» in un'isola multiculturale dove la
presenza di centinaia di etnie diverse permette di assaporare
ogni tipo di ricetta.

Gli esperti del settore confermano la crescita vertiginosa degli acquisti di alimenti per preparare piatti non tradizionali, cui
si accompagna il declino delle antiche abitudini. «Per trovare
un pudding di rognone o uno Spotted Dick bisogna dargli la
caccia», scrive lo storico Timothy Garton Ash nel suo ultimo
libro sulle conseguenze politiche e sociali dell'apertura del Regno Unito nei confronti del mondo. Scomparse le abitudini di
un tempo di vendere nei supermercati la frutta a pezzo o di proporre negli scaffali riservati alle costose «specialità» i prodotti
stranieri, ormai in ogni angolo di Londra e dell'intera Gran Bretagna si trovano gli ingredienti indispensabili per portare in tavola, a casa, quanto assaporato al di fuori dei confini o nei ristoranti etnici presenti in tutti i quartieri della capitale. Ad ac-
celerare la velocità della rivoluzione hanno poi provveduto
alcuni chef trasformati dalle tv in divi dello *showbiz*, capaci di
guadagnare somme persino superiori a quelle degli sportivi grazie anche alle vendite di libri, stabilmente in testa alle graduatorie di vendita, o alla gestione di catene di ristoranti. In testa
all'elenco dei piú ricchi in cucina nel 2004 c'è Delia Smith, star
della Bbc che incassa oltre venti milioni di sterline e riesce addirittura a far impennare con i suoi consigli settimanali i consumi di alcuni prodotti, seguita dal giovane astro nascente Ja-
mie Oliver (diciassette milioni di sterline) e da Gordon Ram-

say, che dopo aver abbandonato il calcio per i fornelli (milita-
va nel Glasgow) ha appreso i segreti della tavola da Marco Pierre White, cuoco di madre ligure tra i primi all'inizio degli anni
Ottanta a trasformare il suo ristorante in un marchio commerciale di vasto successo e a diffondere nel Regno Unito le ricette italiane.

I mutamenti davvero rivoluzionari avvenuti in campo gastronomico e l'ascesa ai vertici della ristorazione internazionale di molti locali londinesi offrono preziosi argomenti in favore della tesi sostenuta da chi, è il caso di Timothy Garton Ash,
è convinto che il mondo esterno venga ormai accolto con inte-
ressata benevolenza in una metropoli che proprio facendo leva
sul cosmopolitismo ha costruito le sue recenti fortune in ambito economico e culturale, diventando agli occhi di molti stranieri il luogo ideale dove far esperienza di una forma assai tollerante e decisamente molto vivibile della postmodernità contemporanea. Se, insomma, aveva ragione quasi due secoli fa
Anthelme Brillat-Savarin quando nel suo pionieristico saggio
sulla fisiologia del gusto stabiliva un legame assai stretto tra cibo e identità, oggi i consumi londinesi in ambito alimentare raccontano la storia di una felice integrazione tra odori e sapori un
tempo ritenuti stravaganti. Gli abitanti della capitale e gran parte dei loro compatrioti, dunque, non hanno piú bisogno di trovare nel piatto una porzione di *fish&chips* o di *steak and kidney
pie* per ottenere conferma di appartenere a una solida comunità
nazionale.

Il carattere sempre piú multiculturale della *britishness* viene
confermato proprio da una recente indagine, dalla quale si scopre che i cibi pronti indiani, cinesi e italiani hanno superato
quelli britannici nelle vendite dei supermercati londinesi e che
il declino dell'antica passione per la carne appare inarrestabile,
in particolare tra le giovani generazioni: solo il venti per cento
di chi non ha ancora oltrepassato la soglia di trentacinque anni
dice di apprezzarla. Il futuro del *roast-beef* sembra, dunque, in
pericolo e forse tra poco gli amanti dell'*oxtail soup* si riuniran-
no in circoli semiclandestini per gustare la zuppa a base di co-

da di bue insaporita con Porto e prezzemolo. Che poi spesso i cibi pronti dei supermercati o i piatti proposti nei ristoranti etnici ricordino solo in parte autentiche ricette indiane, cinesi o italiane è l'inevitabile conseguenza di quel processo inarrestabile che gli esperti del settore definiscono «creolizzazione della cucina», sintesi intelligente tra elementi antichi e nuovi della cultura alimentare di un popolo che consente di far entrare nell'uso comune in maniera *soft* ingredienti e sapori altrimenti percepiti come sgradevoli. A sostegno di questa pratica, probabilmente ritenuta blasfema dai puristi, va ricordato che la curiosità nei confronti delle cucine altrui è un utile esercizio di tolleranza. Londra, inoltre, non manca di garantire a chi la abita o si trova a visitarla vie e quartieri in cui la creolizzazione è, di fatto, proibita e le comunità di immigrati o i semplici curiosi possono gustare ricette «filologicamente pure».

L'incrocio delle tradizioni e il desiderio di dar vita a un nuovo stile gastronomico in grado di rivaleggiare con le proposte d'avanguardia accolte con crescente favore nel resto del mondo hanno poi permesso la crescita professionale di chef ai quali Londra affida il compito di dettare le regole del gusto e dell'eleganza a tavola. Gran parte di essi figura nell'elenco di «Restaurant Magazine» e ha un volto diventato popolare grazie alle continue presenze in televisione. A dispetto dei costi elevatissimi di un pranzo o di una cena, i locali di cui sono proprietari non conoscono crisi: da Sketch, in Conduit Street, occorre prenotare con alcune settimane di anticipo nonostante il prezzo medio di un pasto superi le duecento sterline, i quattro ristoranti gestiti da Marco Pierre White hanno lunghe liste d'attesa cosí come quelli di tutti i divi dello *showbiz* culinario. Che suscitano l'interesse dei clienti non solo per i piatti spesso frutto di insolite combinazioni di sapori e colori ma anche in virtú di ardite soluzioni architettoniche d'avanguardia. È, appunto, il caso di Sketch, insediatosi nel cuore del West End in un palazzo d'epoca restaurato ricorrendo senza risparmio all'uso della tecnologia piú innovativa: una parte del piano a livello stradale, ad esempio, ospita una galleria d'arte che nel tardo po-

3. Il ristorante Bibendum, Fulham Road.

meriggio diventa ristorante, grazie a un complesso meccanismo
che fa emergere tavoli e sedie, per poi trasformarsi in discote-
ca non appena gli arredi utilizzati per la cena vengono di nuovo trasferiti sotto il pavimento.

A inaugurare questa tendenza all'insegna della «cucina spettacolo», dell'intrattenimento multiplo e del sovrapporsi delle
proposte è stato Bibendum, il locale aperto nel 1987 da Terence Conran a Fulham Road, nel cuore di South Kensington,
nell'enorme edificio costruito all'inizio del Novecento dalla Mi-
chelin per ospitare un garage. L'immediato successo di un espe-
rimento che all'epoca alcuni esperti giudicarono in maniera av-
ventata «folle», spinse altri imprenditori della cucina a seguire
l'esempio di Conran e oggi a Londra tutti i locali di maggior
prestigio hanno grandi dimensioni e offrono ai loro clienti altre opportunità di divertimento oltre alla normale degustazio-

ne di raffinati piatti. È il caso di Quaglino's, che occupa uno spazio di oltre diecimila metri quadri a Bury Street a St James, nel centro della capitale a breve distanza da Buckingham Palace, di Le Gavroche e di The Square, entrambi a Mayfair (il primo a Brook Street, il secondo a Bruton Street) o di Momo a Heddon Street, a pochi passi da Piccadilly Circus. A rendere simili ristoranti che propongono cucine diverse è la caratteristica di non limitare l'offerta al semplice ambito alimentare. Ha scritto in proposito Terence Conran:

> Per i londinesi uscire la sera per gustare un piatto insolito e ascoltare musica o visitare una mostra nelle stesse sale sta diventando un'esperienza normale, una concreta alternativa per riposarsi e divertirsi rispetto al cinema o al teatro.

I prezzi, decisamente elevati, non sembrano costituire un problema per chi apprezza la «cucina spettacolo», il cui successo conferma la massiccia presenza a Londra di una «aristocrazia del denaro» con gusti raffinati e un'ampia disponibilità economica apparsa sulla scena della capitale negli ultimi decenni a seguito delle radicali trasformazioni del sistema produttivo.

Nella metropoli opulenta dove oltre trentamila dimore non storiche valgono una somma superiore al milione di sterline – erano appena un decimo nel 1995 – le ricadute in termini positivi della sua capacità di produrre senza sosta ricchezza grazie a una supremazia sui mercati finanziari che le è contesa solo da New York e da Tokyo appaiono evidenti nella cura mostrata nel mantenere in vita i simboli della tradizione e in una straordinaria dinamicità sotto il profilo urbanistico, culturale, sociale e ora anche gastronomico. Si tratta di caratteristiche che consentono anche a chi la frequenta abitualmente di sorprendersi ogni volta e che contribuiscono a spiegare perché Londra continui a essere una meta turistica in grado di attrarre ogni anno oltre quindici milioni di visitatori dall'estero a dispetto di un cambio nella maggior parte dei casi decisamente sfavorevole.

Il cuore di Londra è il trionfo del falso. Nessuno dei sontuosi palazzi dove vivono e lavorano i componenti della famiglia reale o i rappresentanti delle istituzioni ha infatti l'età che vorrebbe dimostrare, l'assetto urbanistico dell'intera area centrale risale solo all'inizio del Novecento. Fu grazie a un'accorta regia se nel corso del XIX secolo il cuore della città puzzolente, piena di fumo e di nebbia di cui è possibile trovare un ritratto fedele nei romanzi di Charles Dickens, venne ripulita e fu oggetto di un radicale maquillage per renderla degna del ruolo che si era guadagnata nel mondo. I britannici, del resto, sono maestri nella difficile arte di inventare tradizioni, come ha dimostrato qualche anno fa un gruppo di studiosi guidati da Eric J. Hobsbawm e Terence Ranger. La posta in gioco in epoca vittoriana era di straordinaria importanza, riguardava la solidità del rapporto tra sudditi e monarchia, messa a rischio dal comportamento assai discutibile dei sovrani e dallo stillicidio di notizie sugli scandali di corte.

Quando Giorgio IV morí nel 1830 il «Times» commentò in un caustico editoriale: «Mai individuo fu meno rimpianto dai suoi simili del re appena deceduto. Quale occhio ha sparso una lacrima in sua memoria? Quale cuore ha sentito un solo spasimo di dolore che non fosse interessato?» Guglielmo IV, che gli succedette, aveva in odio le cerimonie e cercò persino di sottrarsi all'incoronazione. Alla fine fu costretto a rassegnarsi, ma il rito venne ridotto all'essenziale e Guglielmo si vide ribattezzato dalla stampa con l'ironico appellativo di «mezza corona». Anche il suo funerale si rivelò un disastro: molti dei presenti trascorsero gran parte del tempo a passeggiare o ridere di fronte alla bara e il «Times» scrisse che si era trattato di una «buffonata». Neppure Vittoria ebbe maggior fortuna il giorno dell'incoronazione. Lo storico David Cannadine racconta infatti che in chiesa regnò il caos perché nessuno aveva pensato di organizzare almeno una prova e aggiunge che l'arcivescovo di Canterbury si accorse solo all'ultimo momento, quando ormai era tardi per porre rimedio all'errore, che l'anello era troppo stretto per il dito della sovrana.

Il problema non si limitava comunque soltanto all'immagine della monarchia. Era l'intera Londra a non possedere all'epoca le caratteristiche architettoniche e urbanistiche adatte per consentirle di rivaleggiare con le altre grandi capitali europee, per riuscire a trasmettere a chi passeggiava per le sue vie e piazze il senso della forza e del potere di cui la Gran Bretagna ormai disponeva nel mondo. «Gli edifici pubblici sono pochi e meschini», lamentava un suddito di Vittoria. Chi tornava da viaggi all'estero non lesinava particolari, in articoli pubblicati su quotidiani o periodici, sulle gigantesche trasformazioni in corso altrove, lodando senza risparmio la magnificenza della Parigi ridisegnata da Haussmann, i progetti per la ricostruzione di Vienna decisi da Francesco Giuseppe nel 1845, le splendide piazze di San Pietroburgo.

A Londra serviva dunque una svolta che rendesse visibile l'autorevolezza dei reali e nello stesso tempo garantisse alla città un nuovo aspetto. Il primo passo nella giusta direzione venne compiuto, sia pure in maniera non certo consapevole, proprio dalla regina quando nel 1837 scelse Buckingham Palace come propria residenza principale. L'incendio che poco prima dell'incoronazione di Vittoria aveva distrutto quasi per intero i Comuni e la Camera dei Lord costrinse inoltre i vertici istituzionali ad affrontare senza ulteriori ritardi il tema della riqualificazione del centro di Londra. La nuova sede del Parlamento disegnata da Charles Barry e Augustus Pugin seguendo il canone del neogotico di gran moda all'epoca rappresenta il prototipo e il modello del falso al quale tutti in seguito avrebbero

continuato a ispirarsi. Sulla sponda del Tamigi, infatti, veniva
eretto a metà Ottocento un immenso edificio in stile medievale con oltre mille stanze, cento scalinate e otto cortili, al quale
i due architetti affiancarono l'altissima torre dell'orologio ribattezzata «Big Ben» (il nome deriva dall'ideatore della cam-
pana), che in breve tempo divenne uno dei simboli della capitale nell'intera Gran Bretagna e anche all'estero.

Poiché il Parlamento ricostruito da Barry e Pugin nasceva
nello stesso luogo dove nel XIII secolo si era tenuta la sua prima
seduta, ciò che era davvero autentico e quello che invece doveva solo apparirlo si saldavano in maniera perfetta. Una volta
messa a punto la strategia e compreso come proprio l'utilizzo
del passato rappresentasse l'elemento indispensabile per garantire il risultato, la ricetta venne applicata anche in altri ambiti,
in particolare a tutte le cerimonie che avevano per protagonista Vittoria o i membri della famiglia reale. All'inizio degli anni Sessanta dell'Ottocento, del resto, il grande costituzionali-
sta Walter Bagehot aveva profetizzato che «quanto piú diven-
teremo democratici, tanto piú impareremo ad apprezzare
l'importanza per il popolo della pompa e dell'ostentazione. Essere invisibili equivale a essere dimenticati, mentre per essere
un simbolo, un simbolo davvero efficace, occorre farsi vedere
spesso, e nel modo piú vistoso». Ciò che accadde in seguito di-
mostrò che aveva ragione.

Non fu tuttavia impresa facile per i suoi collaboratori convincere Vittoria ad apparire con buona frequenza in pubblico e
a interpretare la parte scelta per lei. La regina, infatti, non ama-
va Londra e a partire dal 1861, dopo la morte del marito, aveva preso l'abitudine di trascorrere lunghi periodi lontano dalla
capitale, nei castelli di Windsor o di Balmoral. Non deve perciò meravigliare se nel 1864 un anonimo affisse il seguente av-
viso sulla cancellata di Buckingham Palace: «A causa del ritiro
dall'attività degli attuali occupanti, si vende o si affitta questa
imponente dimora». Tredici anni piú tardi, comunque, le resistenze della sovrana furono definitivamente superate e a Vittoria venne conferito il titolo di imperatrice d'India durante un

rito imponente culminato con una sfilata alla quale assistettero
centinaia di migliaia di sudditi festanti. Scrisse ancora il «Times» commentando l'evento:

> La grande cerimonia ha avuto un'ulteriore virtú che esclude ogni raf-
> fronto con quelle precedenti. Per la prima volta l'idea imperiale è com-
> parsa in tutta la luce della ribalta, il nostro passato si è unito con il pre-
> sente. E cosí le arcaiche tradizioni del medioevo hanno acquistato un nuo-
> vo respiro e una nuova vitalità per assorbire il moderno splendore di un
> possente impero.

Salde ma inesistenti radici in secoli lontani per garantire la
solidità di un progetto politico e di un assetto di potere, appunto. Bagehot aveva visto giusto nell'indicare la rotta. Che
poi le tradizioni e i riti fossero in gran parte inventati aveva ben
poca importanza. Ciò che contava allora e che ha continuato a
contare anche in seguito era soltanto la loro verosimiglianza agli
occhi dei sudditi. Su questo elemento Londra ha edificato a partire dall'ultima porzione dell'Ottocento la propria immagine di
metropoli attenta alla cura di un inesistente passato e nello stesso tempo sempre proiettata verso il futuro.

Il rafforzamento della monarchia era solo uno dei passi indispensabili per garantire alla città e all'intera Gran Bretagna
l'autorevolezza di cui si avvertiva la necessità. Piú di una voce
si era levata a partire dagli anni Settanta per chiedere profondi interventi sul piano urbanistico. Si legge in un articolo del
1878 in cui viene proposto un ritratto delle metropoli europee:

> Poiché la solenne magnificenza della città capitale costituisce un ele-
> mento non secondario del prestigio della nazione, della nostra potenza e
> influenza nel mondo, riteniamo indispensabile che l'architettura di Lon-
> dra divenga degna della capitale del paese piú ricco del pianeta.

Dopo un lungo dibattito sulle opere da realizzare, negli ultimi decenni del secolo si passò all'azione, trasformando il centro della nebbiosa città raccontata da Dickens nell'aristocrati-
ca e imponente capitale di un impero.

Ecco come lo storico David Cannadine riassume la metamorfosi:

Il Ministero della Guerra a Whitehall, gli edifici governativi eretti sull'angolo di Parliament Square e la Methodist Central Hall contribuirono a creare le premesse per ottenere il desiderato effetto di fasto e magnificenza. Ma l'operazione piú significativa, piú coerente, fu quella che comportò l'ampliamento del Mall, la costruzione dell'arco dell'Ammiragliato, il rifacimento della facciata di Buckingham Palace e l'edificazione, di fronte, del monumento a Vittoria. Questo grandioso complesso imperiale, che diede a Londra la sua unica via trionfale, fu portato a termine tra il 1906 e il 1913, auspice il comitato per le Onoranze alla regina Vittoria presieduto da Lord Esher. Come spiegò Balfour al momento di costituire il comitato, il suo scopo era la costruzione di un grande complesso solenne e monumentale, «del tipo di cui esistono esempi in altre nazioni, che possiamo sicuramente imitare e che non faticheremo a surclassare»... Negli anni precedenti la Prima guerra mondiale Londra mostrò un volto rinnovato in maniera profonda ed ebbe termine anche il processo della radicale trasformazione dell'immagine pubblica della monarchia, adattando i vecchi cerimoniali alla diversa situazione interna e internazionale con l'invenzione e la sovrapposizione di nuovi elementi. L'accentuazione delle forme rituali non si limitò comunque alla famiglia reale. Anche in molti altri settori si recuperarono cerimoniali venerandi o decaduti e i simboli del potere furono ammantati dallo splendore anacronistico di una ritualità arcaicizzante ma inventata.

Da allora la zona della capitale dove vivono e lavorano i membri della famiglia reale o i rappresentanti delle istituzioni non ha piú conosciuto alcun mutamento, lo spettacolo dell'élite ha continuato ad andare in scena sul medesimo palcoscenico a beneficio di una platea sempre plaudente. Una rassicurante continuità tra un passato sostanzialmente falso eppure attendibile e il presente sembra, dunque, costituire la caratteristica in grado di alimentare senza sosta il fascino di Londra. Dietro le quinte si sono verificati però cambiamenti davvero profondi: gran parte degli antichi equilibri non hanno retto all'urto della modernità, nuove gerarchie hanno sostituito quelle ritenute immutabili sino a poco tempo fa. Chi osserva dall'esterno Buckingham Palace, passeggia lungo il Mall o attraversa Trafalgar Square per poi percorrere Whitehall e sostare davanti all'imponente palazzo delle Horse Guards, la sede delle guardie a cavallo, per l'immancabile fotografia prima di gettare uno sguardo oltre la robusta cancellata eretta per proteggere Downing Street e quindi approdare di fronte al Parlamento può magari cedere alla tentazione di ritenere che tutto al di là di quelle facciate continui con gli stessi ritmi di sempre. I riti, le cerimonie e molti fra gli interpreti, in effetti, sono gli stessi. Negli ultimi decenni, tuttavia, in quei palazzi ha avuto luogo una silenziosa rivoluzione che ne ha svelato i segreti e ha aggiunto o sottratto peso politico a chi li abita. A dettare le regole del nuovo spettacolo del potere in scena a Londra sono stati giornali e tv, strumenti fondamentali per catturare il consenso dei sudditi e degli elettori in un'epoca in cui non bastano più un ruolo o una carica per garantirsi, in maniera automatica, amore e rispetto.

Buckingham Palace e altre residenze reali.

All'inizio degli anni Cinquanta cosí pieni di speranze di un rapido miglioramento della qualità della vita dopo il cupo periodo della guerra, l'ascesa al trono di una giovane regina rappresenta agli occhi degli inglesi l'evento capace di trasmettere ottimismo e di infondere fiducia. L'incoronazione di Elisabetta avviene nel 1953 in una cornice da fiaba, con decine di migliaia di persone festanti a invadere le vie del centro della capitale, e soprattutto una diretta televisiva che porta le immagini della cerimonia in ogni angolo della Gran Bretagna. Molti sudditi vedono per la prima volta dall'esterno Buckingham Palace proprio grazie alle riprese della Bbc e si innamorano di un edificio che da allora nella fantasia popolare diventa uno dei simboli più amati della monarchia. «Finché la gente potrà ammirare quella mano guantata che saluta tra le dorature della carrozza, o risponde dal balcone alla folla che si assiepa sul Mall, si sentirà rassicurata e penserà che va tutto bene indipendentemente dalle condizioni reali del paese», osserva all'epoca un commentatore.

L'arrivo della televisione costituisce un momento fondamentale di svolta nel rapporto tra i Windsor e l'opinione pubblica. Se infatti in precedenza la vita dei sovrani veniva solo narrata dalla stampa o dalla radio, a partire dal 1953 può (e deve) essere mostrata, sia pure con mille cautele per non mettere a rischio la solidità della favola. Del resto si racconta che fu Winston Churchill durante uno dei suoi primi colloqui con Elisabetta a suggerirle di non apparire troppo in tv. Il consenso della monarchia, le spiegò, era strettamente legato alla capacità di avvolgere il piú possibile nel mistero la vita di corte. Il consiglio venne seguito a lungo, con il risultato di indirizzare per molti anni l'interesse o addirittura il culto della casa reale verso il palazzo in cui i Windsor abitavano. Non sembra dunque fuor di luogo ritenere che la familiarità acquisita dall'immagine di Buckingham Palace o il favore crescente per il rito quotidiano del cambio della guardia nell'immenso cortile esterno abbiano addirittura rappresentato una insolita forma di compensazione simbolica per dimostrare un affetto e mantenere saldo un legame che non avevano altre modalità per manifestarsi.

Anche in questo caso la storia millenaria della monarchia ha offerto un contributo di fondamentale rilievo per colorare con tinte leggendarie l'atmosfera di Buckingham Palace, per consolidare nel cuore e nella mente dei sudditi oltre che degli ignari turisti un esempio di tradizione inventata. Nessuno, ormai, ricorda le violentissime polemiche scoppiate a Londra all'inizio del Novecento quando venne interamente ricostruita la facciata su disegno dell'architetto Aston Webb «imitando in misura irritante la sede di una banca», rilevarono gli oppositori del progetto. Ben pochi inoltre sanno che l'edificio eretto all'inizio del Settecento dal duca di Buckingham e acquistato nel 1762 dai Windsor divenne solo a partire dal 1837 la residenza principale dei Windsor dopo l'ascesa al trono di Vittoria. Per i britannici e per chi dall'estero osserva le vicende dei reali Buckingham Palace è un sinonimo della monarchia, la sua imponenza pare trasmettere in maniera automatica l'autorevolezza dell'istituzione.

Le notizie su un palazzo spesso definito «un paese straniero in patria» sono scarse e molto schematiche. Si sa che contiene circa seicento stanze e che al suo interno lavorano alcune centinaia di persone legate alla promessa del silenzio sulla loro attività. Chi lo desidera può oggi visitare durante i mesi estivi una minuscola ala composta da poche sale nelle quali è esposta una piccola parte della collezione di dipinti di proprietà della Corona. La decisione di aprire le porte venne presa solo «temporaneamente» nel 1993 da Elisabetta con l'obiettivo di utilizzare la somma ricavata dalla vendita dei biglietti per il restauro del castello di Windsor, danneggiato pochi mesi prima in maniera grave da un incendio, ed è poi diventata definitiva come quasi sempre accade per le scelte provvisorie che garantiscono un reddito costante.

Sino all'estate del 2002 era comunque buio fitto sui conti dei Windsor, nulla si sapeva sul valore del loro patrimonio e su come impiegavano la somma di circa dodici milioni e mezzo di sterline che ogni anno, per legge, vengono versati dal Tesoro. Poi proprio in coincidenza con l'avvio dei festeggiamenti per i cinquant'anni di regno (Elisabetta II è diventata regina all'inizio di febbraio del 1952, anche se la cerimonia di incoronazione ha avuto luogo nel 1953) il «Custode della Borsa Reale» Sir Michael Peat ha convocato la stampa e distribuito un opuscolo nel quale era elencata ogni spesa. I sudditi hanno cosí appreso che il patrimonio complessivo della Corona vale oltre mezzo milione di sterline e che la sovrana costa a ogni inglese poco meno di una sterlina ogni anno. Si tratta di un'ipotesi teorica, perché secondo il bilancio della Corona è in realtà lo Stato a guadagnarci: in primo luogo grazie alla notevole differenza tra la somma versata e le imposte pagate, sia pure scontate (un utile per il Tesoro di ben cento milioni di sterline), e poi in virtú dei benefici economici che la presenza della famiglia reale porta al paese in termini di immagine e di flussi turistici.

Il dettagliato resoconto fornito da Sir Michael Peat ha permesso di scoprire che la voce maggiore delle uscite riguarda naturalmente il personale (poco meno di sette milioni di sterline), mentre la bolletta telefonica pesa ottocentomila sterline. L'intera «ditta», come Elisabetta definisce la sua numerosa famiglia, grava sul bilancio per tre milioni di sterline dopo che una norma fatta approvare in Parlamento dal governo conservatore di John Major alla metà degli anni Novanta aveva abolito il tradizionale appannaggio mettendo ogni componente della dinastia a libro paga della regina. Le spese di rappresentanza hanno un costo abbastanza elevato: i viaggi incidono per sei milioni di sterline, le feste nei giardini di Buckingham Palace o dei castelli di Windsor e Balmoral richiedono un investimento di un milione di sterline, l'ordinaria manutenzione delle carrozze viene pagata duecentomila sterline, il treno reale ha bisogno di circa un milione di sterline per restare in perfetta efficienza anche se non viene quasi piú utilizzato.

La decisione di rendere pubblico il bilancio della Corona, con l'evidente obiettivo di dimostrare agli occhi dei sudditi i benefici economici apportati dall'esistenza stessa dei Windsor, costituisce per molti aspetti una sorta di rivoluzione copernicana nella storia recente della monarchia britannica e del lungo regno di Elisabetta. A lungo, infatti, la sovrana è apparsa decisa ad attenersi al consiglio ricevuto da Winston Churchill e a discostarsi il meno possibile dal compito indicato in pieno Ottocento per un re o una regina da Walter Bagehot: «incoraggiare e guidare i primi ministri restando nell'ombra». Ma poiché non era possibile svolgere queste funzioni senza venire in qualche modo a patti con le nuove regole che le figure pubbliche dovevano rispettare dopo l'ingresso della tv sul mercato delle comunicazioni di massa, i Windsor hanno tentato durante la parte iniziale del regno di Elisabetta di gestire la propria immagine nonostante la stampa popolare cercasse con ogni mezzo di raccogliere materiale e, soprattutto, indiscrezioni sul privato dei componenti della dinastia. È in questo quadro di conflittualità sempre piú esasperata fra i tabloid e Buckingham Palace che va collocata la scelta di permettere alla Bbc sul finire degli anni Sessanta di girare un film in cui l'accento non cadeva soltanto sul ruolo ufficiale della monarchia ma veniva anche offerto ampio spazio al «dietro le quinte» particolarmente amato dal pubblico. Per realizzare *Famiglia reale* furono necessari quasi tre mesi di riprese e il risultato appare oggi all'inse-

gna di una banalità agiografica persino imbarazzante: scene di
cerimonie mescolate con altre in cui la sovrana offre una caro-
ta a uno dei suoi cavalli preferiti, guarda uno show americano
in tv oppure aiuta il principe Filippo a preparare un barbecue
nel giardino di Buckingham Palace.

In ogni caso, per qualche tempo, la pressione sembrò allentar-
si, il racconto della «fiaba» di cui erano protagonisti i Windsor riprese a scorrere all'interno dell'alveo di una rassicurante routine.
Almeno sino a quando, a partire dagli anni Ottanta, l'interesse dei media non iniziò a concentrarsi in maniera sempre piú
ossessiva e morbosa sugli abitanti di un altro edificio, quel Kensington Palace eretto nel corso del Seicento sul confine occidentale degli omonimi giardini, poi diventati parte integrante
di Hyde Park, dove dopo il loro sfarzoso matrimonio nel 1981
si erano stabiliti Carlo e Diana, l'erede al trono e sua moglie.
Le voci insistenti sui contrasti fra i coniugi e su una profonda
rottura all'interno della coppia offrirono a lungo ai tabloid specializzati in gossip un alimento quasi quotidiano mentre tutto
ciò che era riconducibile a Kensington Palace occupava lo spazio un tempo dedicato a Buckingham Palace. Con il risultato di
indebolire in pochi mesi ogni linea di difesa dell'immagine tradizionale della monarchia, di mettere a rischio la solidità di quella tradizione inventata costruita a corte con puntiglio e pazienza
in quasi un secolo di oscuro lavoro.

Far sperimentare per la prima volta agli inglesi gli effetti
dell'affascinante turbolenza mediatica e politica che avrebbe,
in seguito, contraddistinto la vita pubblica nel Regno Unito fu
il compito che si assunse il «Sunday Times» nella tarda primavera del 1992. Se la testata, che un tempo era la voce ufficiale
di una ristretta classe dirigente assai poco disponibile a condi-
videre i gusti e le abitudini di una *middle mass* ritenuta senza
rimedio volgare e pettegola, decideva di proporre ai suoi lettori le confessioni intime della principessa del Galles, utilizzando
un linguaggio da tabloid ad alta tiratura e a bassa qualità, il segnale non poteva certo venire sottovalutato. Perché la pubbli-
cazione di piccanti estratti di un volume ricco di gossip sul fal-

limentare matrimonio di Carlo e Diana rappresentava un'indiretta ma non equivocabile conferma del cambiamento silenzioso e profondo che aveva investito l'intera monarchia. Si trattava, si disse allora, del segno maggiormente visibile di una rivoluzione politica e forse anche antropologica in grado di produrre conseguenze di lungo periodo, capace persino di mettere a rischio la solidità di antichi riti pubblici.

Con ogni probabilità furono in pochi ad accorgersene allora, in una calda mattina di maggio, mentre milioni di inglesi apprendevano, grazie a Andrew Morton, la «vera storia» di Diana. A posteriori, tuttavia, pare abbastanza agevole e certo non arbitrario stabilire che proprio quel giorno il Regno Unito mosse i primi passi in una nuova era dominata dallo *showbiz* e da un'informazione ormai pronta a dimostrare senza imbarazzo che aveva davvero ragione il filosofo francese Jean-François Lyotard quando, in un celebre saggio del 1979, individuava l'essenza della postmodernità di matrice occidentale nell'incessante ricerca di punti di contatto tra elementi diversi, in precedenza antitetici per loro stessa natura. Poiché è difficile credere che la principessa del Galles e gli altri protagonisti della scena pubblica britannica degli anni Novanta (che, in seguito, hanno offerto innumerevoli prove di essere assai versati nella difficile arte di utilizzare a proprio esclusivo vantaggio le indiscutibili potenzialità garantite dalla nuova filosofia *infotainment*) abbiano compulsato con avidità interminabili bibliografie sul tema degli effetti sociali dei media alla ricerca della migliore strategia di controllo, appare piú plausibile ritenere che siano stati, invece, soprattutto abili nell'intercettare d'istinto le caratteristiche di un mutamento strutturale in corso nella società.

La battaglia combattuta tra Diana e i Windsor è sufficientemente nota e non c'è, dunque, alcun bisogno di ricostruirla in dettaglio. Sarà però forse il caso di ricordare il rilievo assunto dallo *spin*, la manipolazione delle notizie di cui sono maestri i responsabili degli uffici stampa, e dal gossip nello scontro tra i due interpreti principali di una soap infinita, dove banali storie di cuore e di corna si intrecciano con questioni istituzionali delicate e complesse. Perché se Diana infrange per prima le regole, rivelando il suo disagio in pubblico con l'evidente obiettivo di guadagnare il consenso popolare, Buckingham Palace replica con un altro colpo proibito: appena un mese dopo lo scoop del «Sunday Times» i quotidiani propongono la trascrizione di una telefonata in cui un amico di Lady D allude in maniera neppure troppo velata a rapporti abbastanza stretti tra loro e la chiama «squidgy», ovvero «strizzolina».

Da quel momento l'afrore dei panni sporchi di Carlo e Diana avvolge la Gran Bretagna, mentre i coniugi combattono per il controllo dell'opinione pubblica: se lei fa trapelare notizie sullo storico rapporto tra il marito e Camilla (l'auspicio del principe di potersi trasformare in un suo accessorio intimo viene rivelato nel dicembre 1992), lui replica con dettagli sul legame adulterino con James Hewitt, militare poco gentleman che, invece di tacere o smentire, mette all'asta i suoi ricordi dell'*affaire* e scala poco dopo la classifica dei best-seller con un volume autobiografico. Il reciproco gioco al massacro va avanti per anni, con conseguenze devastanti sotto il profilo istituzionale: gli inglesi, svelano accurati sondaggi, cominciano a essere stanchi della monarchia, le idee dei repubblicani iniziano a far presa.

Quando a Buckingham Palace si rendono conto del pericolo e decidono di correre in fretta ai ripari l'aperta ostilità nei confronti di Diana viene messa da parte, sia pure per ragioni tattiche. L'armistizio arriva a metà degli anni Novanta, dopo complesse trattative per l'accordo di divorzio, e da allora ciascuno dei due segue la propria strada: lui ritorna a vestire gli scomodi abiti dell'eterno erede al trono, lei si trasforma in un'icona della *pop culture* globale di fine secolo, donna libera, trasgressiva quanto basta, perfetta testimonial di campagne benefiche su scala planetaria che le permettono di trovare spazio sulle prime pagine dei giornali in foto dove appare a fianco di madre Teresa di Calcutta, dei caschi blu dell'Onu o dei bambini denutriti dell'Africa.

Se ha ragione la giornalista Julie Burchill a sostenere che nell'era dell'*infotainment* il rapporto perfetto, almeno nel caso

delle celebrità, è sempre a tre (lui, lei e i media), allora non c'è
dubbio che la storia di Carlo e Diana rappresenta davvero un
caso da manuale di *spin*. Che, poi, la vittoria nella battaglia per
il controllo dell'opinione pubblica toccasse a lei era prevedibile. Chi, infatti, se non Diana poteva porsi d'istinto in sintonia
con la *middle mass* secolarizzata e ormai poco disponibile a farsi condizionare dal polveroso fascino della monarchia che orien-
tava gusti e stili di vita nell'intera Gran Bretagna all'inizio degli anni Novanta?

   ⊘ Nel lungo periodo, tuttavia, i Windsor hanno mostrato di
aver appreso la lezione e di essere riusciti a ricucire il rapporto
con i loro inquieti sudditi. Smentendo quei critici troppo fret-
tolosi che nell'estate del 1997, dopo la morte di Diana a Parigi, davano per inevitabili riforme istituzionali di ampia portata. Evitate grazie a una silenziosa quanto tenace operazione di
marketing messa a punto per lanciare l'immagine del principe
William, il figlio primogenito di Carlo e Diana, proposto con
crescente successo dai media come la sintesi perfetta delle migliori qualità dei genitori. La freddezza tra «paese reale» e «paese regale» è, dunque, scomparsa: Buckingham Palace non è piú
una fortezza assediata, William viene già ritenuto a larga maggioranza «il perfetto monarca del XXI secolo» e un nuovo edificio ha conquistato la ribalta. Si tratta di Clarence House, una
lussuosa casa eretta sul Mall all'inizio dell'Ottocento su progetto dell'architetto John Nash a poche centinaia di metri da
Buckingham Palace, residenza sino al 2002 della madre di Elisabetta e dove in seguito si sono trasferiti Carlo insieme a Camilla, la sua seconda moglie, ma soprattutto dove abitano durante i loro soggiorni londinesi William e il fratello Harry, ottimi interpreti del nuovo corso della real casa ai quali una
accorta regia ha affidato il compito di rivitalizzare l'immagine
della «ditta» dopo un lungo periodo di difficoltà.

   I Windsor appaiono di nuovo al sicuro, la loro sopravvivenza
non sembra in pericolo. Anche se per cavarsi d'impaccio sono
stati costretti a ricorrere a *dirty tricks* mai utilizzati in passato,
accettando di sottomettersi alle regole della postmodernità. Di

cui, raccontano i cronisti, si era fatto discreto portavoce Tony
Blair in un lungo colloquio con Elisabetta nei giorni convulsi
dell'estate 1997 seguiti alla scomparsa di Diana, durante il quale spiegò alla sovrana i rischi di un distacco troppo netto tra i
sentimenti dei sudditi e la freddezza della corte. Lui, invece,
seguendo il consiglio di Alastair Campbell, luciferino campio-
ne di *spin*, aveva seguito una strategia opposta. Ricavandone ottimi risultati in termini di consenso, visto che subito dopo il celebre discorso in cui definiva Diana «principessa del popolo» la
fiducia nei suoi confronti era cresciuta di oltre dieci punti, permettendogli di raccogliere l'ideale testimone di quel rinnovamento nella continuità al quale, sino ad allora, proprio Diana
aveva offerto volto e voce.

Downing Street.

Nessun capo del governo al mondo abita in una casa tanto piccola e modesta come quella in cui da quasi tre secoli vive e lavora il premier britannico. Fu Robert Walpole all'inizio del Settecento il primo inquilino del numero 10 di Downing Street, una
strada senza uscita a poche decine di metri di distanza dall'imponente edificio delle Horse Guards, lungo Whitehall. A costruire le abitazioni della via era stato durante la parte finale del
secolo precedente George Downing, un aristocratico emigrato a
lungo nelle colonie americane (fu il secondo laureato dell'università di Harvard), capace di garantirsi un solido patrimonio grazie a disinvolte speculazioni sul mercato immobiliare della capitale. Gli storici hanno chiarito che George Downing coordinava
un'attività spionistica su larga scala per conto della Corona che
lo ricompensò permettendogli di entrare in possesso a prezzi di
favore di terreni nel cuore di Londra. Quando morí, re Giorgio
II decise di intitolargli la via e chiese al suo responsabile delle
Finanze di assumere il nuovo incarico di primo ministro appena
istituito, assegnandogli la casa dove da allora tutti i successori
di Walpole sono vissuti per l'intera durata del loro mandato.

Dal Settecento a oggi la palazzina ha conosciuto ben pochi mutamenti: l'attuale facciata risale al 1766, l'ultima ristrutturazione degli interni è del 1877. Lo spazio disponibile è diviso con l'obiettivo di conciliare le esigenze personali e le funzioni di rappresentanza degli inquilini di uno stabile che figura nell'elenco dei monumenti nazionali: al pianoterra ci sono gli uffici del premier, della sua segreteria, di consiglieri e collaboratori; al primo piano le sale per incontri ufficiali, cene, ricevimenti e conferenze stampa, al secondo piano si trova la residenza privata del primo ministro. Se ai tempi di Robert Walpole il numero 10 doveva ospitare poche persone, da qualche anno i problemi causati dal sovraffollamento si sono accentuati e ora i cronisti politici rilevano che i suoi occupanti «sono costretti a vivere pigiati come in un sommergibile». La colpa è dell'inarrestabile aumento del numero dei funzionari: Churchill ne aveva una trentina, cresciuti sino a settanta con Margaret Thatcher, arrivando poi a superare con Blair la soglia dei centocinquanta.

Fu proprio Margaret Thatcher negli anni Ottanta a sbarrare l'ingresso della via con una robusta cancellata eretta all'angolo con Whitehall per prevenire il rischio di attacchi terroristici e da allora i turisti hanno dovuto rinunciare all'abitudine di farsi scattare fotografie davanti al celebre portone nero protetto solo da un poliziotto. Blair, dal canto suo, ha scelto nel 1997 di traslocare nell'appartamento privato del numero 11, dove abita il cancelliere dello Scacchiere, per ragioni familiari: con moglie e tre figli (in seguito ne è arrivato un quarto), riteneva piú confortevole lo spazio offerto dallo Stato al suo vicino. E cosí dopo oltre due secoli e mezzo un'antica tradizione si è interrotta, anche se dal punto di vista formale nulla è mutato sino all'uscita di scena di Blair il 27 giugno 2007. La ripartizione dei rispettivi uffici è rimasta invariata e il numero 10 ha continuato a essere la residenza ufficiale del primo ministro in carica mentre l'11 spettava al responsabile dell'economia, il cui insolito e un po' misterioso appellativo deriva da un incarico relativo alla riscossione delle tasse affidatogli dalla Corona in epoca medievale.

L'apparente modestia dell'edificio contrasta con il crescente potere del suo inquilino, al quale il sistema politico inglese attribuisce da sempre una responsabilità personale piú accentuata rispetto al ruolo previsto in Italia per il presidente del Consiglio. Decisamente lontana l'epoca in cui le strategie fondamentali per la Gran Bretagna venivano messe a punto a corte e solo in seguito sottoposte all'approvazione di Downing Street e delle Camere, ormai la gerarchia istituzionale è cambiata e Buckingham Palace ha pagato il prezzo piú alto di questa silenziosa rivoluzione che ha iniziato a prender forma nel dopoguerra per poi produrre visibili conseguenze a partire dall'insediamento di Margaret Thatcher. Nonostante la massiccia presenza delle insegne reali nelle strade e sulle facciate dei palazzi di Londra o il rito parlamentare identico da secoli che vede il sovrano leggere ogni autunno a Westminster il programma del «governo di Sua Maestà» per l'anno successivo, ai Windsor è rimasto in dote soltanto un semplice e innocuo ruolo di rappresentanza. Il cuore politico della capitale e dell'intero paese pulsa infatti a Downing Street, le scelte che modellano il presente e il futuro del Regno Unito sono decise nelle stanze della piccola palazzina seicentesca.

Si tratta di un cambiamento di portata storica, poco apprezzato da alcuni studiosi di diritto che accusano gli ultimi premier di aver favorito una vera e propria metamorfosi di sistema il cui esito, nei fatti, è il consolidarsi di uno stile presidenziale all'americana. Certo è che se nell'Inghilterra degli anni Cinquanta o Sessanta, ancora attenta al rispetto almeno formale delle antiche regole, la differenza rispetto al passato non era visibile in maniera troppo netta, a partire dalla vittoria elettorale del 1979 di Margaret Thatcher la novità si è manifestata in tutta la sua dirompente evidenza e non solo per la fortissima personalità del primo ministro allora in carica e per una leggendaria «guerra d'immagine» con la sovrana. Agli occhi degli inglesi divenne infatti subito evidente che la terapia d'urto scelta per impedire al paese di precipitare nel baratro del declino economico era il frutto di un progetto elaborato a Downing Street con l'unica legittimazione di un successo elettorale.

Il momento in cui, almeno sotto il profilo simbolico, la rottura degli assetti precedenti si materializza è il 4 maggio 1979, il giorno in cui la signora Thatcher varca la soglia del numero 10 citando San Francesco d'Assisi: «Dove c'è l'errore, dobbiamo portare la verità. Dove c'è il dubbio dobbiamo portare la fede. Dove c'è lo sconforto dobbiamo portare la speranza», dice di fronte alle telecamere della tv e ai giornalisti. Quando undici anni piú tardi la Lady di Ferro viene messa bruscamente alla porta dal suo stesso partito, che le preferisce il grigio John Major, il Regno Unito è mutato in maniera profonda e, soprattutto, non reversibile in virtú delle traumatiche decisioni prese in totale autonomia da un primo ministro che durante i suoi tre mandati alla guida dell'esecutivo assume con sempre maggiore evidenza il ruolo di «monarca elettivo». E se il dato piú vistoso è costituito dal crollo della presenza dello Stato nell'ambito produttivo (le dismissioni riguardano il sessanta per cento del patrimonio), non possono essere tuttavia taciute o sottovalutate le conseguenze culturali e sociali delle politiche thatcheriane. Che, a giudizio dello storico Anthony Sampson, danno il via alla maggiore redistribuzione della ricchezza nazionale dall'epoca della guerra civile del XVII secolo, favorendo la nascita di una *middle mass* i cui redditi derivano da attività in settori non tradizionali (credito, finanza e servizi in modo particolare) destinata a prendere il posto un tempo occupato dalla borghesia. Durante lo stesso periodo il settore manifatturiero subisce una drastica contrazione, i sindacati perdono gran parte del loro potere contrattuale e del loro peso politico dopo l'esito disastroso dello sciopero dei minatori, il numero degli iscritti ai partiti risulta in netta e costante flessione.

La Gran Bretagna dell'inizio degli anni Novanta è un paese con precise e ben evidenti caratteristiche postindustriali. Che poi a questo risultato Margaret Thatcher sia arrivata piú per caso che in virtú di un freddo ragionamento non muta in maniera sostanziale il quadro complessivo di riferimento. Sebbene nei suoi piani originari non figurasse certo lo smantellamento del sistema produttivo tradizionale ma piuttosto una riduzione della presenza statale al suo interno in nome della centralità del mercato, furono proprio gli «spiriti animali» del capitalismo in via di globalizzazione a conquistare la guida del processo e a condurlo verso l'inevitabile approdo di un riassetto radicale destinato a far diventare residuali ambiti come l'acciaio, il carbone, la chimica o il tessile sui quali un tempo il Regno Unito aveva costruito la sua fortuna sul piano internazionale. Si trattò di un viaggio senza mappe verso l'ignoto («la maggior difficoltà era costituita dal fatto che nulla di simile era mai stato fatto prima, che non esisteva alcun dossier da rispolverare», chiarí il cancelliere dello Scacchiere Nigel Lawson), ritenuto inutile e pericoloso non solo dai laburisti ma anche da una parte dell'establishment conservatore. Fu proprio Harold Macmillan, già a Downing Street tra la fine degli anni Cinquanta e l'inizio di Sessanta, a dar voce alle perplessità di molti tories quando dichiarò che il governo stava mettendo in vendita «l'argenteria di famiglia» visto che si trattava di imprese di proprietà pubblica i cui nomi iniziavano tutti con la parola «British». La replica di Margaret Thatcher fu sprezzante oltre che senza dubbio efficace sul piano della comunicazione: la famiglia, disse, non poteva permettersi il lusso di mantenere quell'argento.

Porre rimedio alle conseguenze piú negative provocate dall'intransigente radicalità delle riforme thatcheriane è stato un compito al quale i laburisti hanno dedicato molte energie a partire dall'insediamento a Downing Street di Tony Blair nella primavera del 1997. All'interno, però, di un quadro complessivo che, almeno dal punto di vista economico, non poteva certo mutare perché era cambiata la struttura profonda del sistema produttivo e della composizione sociale del paese. Il progetto dei conservatori di garantire una prospettiva di sviluppo al Regno Unito grazie al ricorso a valori di matrice esplicitamente vittoriana aveva fatto compiere ai sudditi di Elisabetta II un balzo di portata storica in una postmodernità in cui il ruolo in precedenza occupato dall'industria veniva svolto dalla finanza e dai servizi. Se il tentativo di ristabilire le antiche gerarchie aveva le medesime possibilità di successo di quello di riportare il dentifricio dentro il tubetto dopo averlo spremuto, allora conveniva concentrare le energie e le risorse su obiettivi diversi, in particolare sulla riduzione delle diseguaglianze e sul consolidamento della crescita economica.

Gli osservatori della vita politica britannica hanno spesso insistito sullo stretto legame fra le trasformazioni sociali e lo stile di una leadership che nell'ultimo quarto di secolo ha mostrato la tendenza ad accentrare funzioni e responsabilità sulla base dello schema della «monarchia elettiva» con la sua sede proprio a Downing Street. Non c'è dubbio che la personalizzazione spesso esasperata del dibattito pubblico, accompagnata dal progressivo indebolirsi dei partiti e dalla scarsa capacità dei parlamentari di influire sulle scelte dell'esecutivo, abbia concentrato nuovi poteri nelle mani del primo ministro. Durante gli ultimi anni, poi, si sono manifestati anche nel Regno Unito gli effetti di un cambiamento profondo avvenuto nell'ambito delle strategie di comunicazione. «Il numero 10 di Downing Street appare sempre meno un ufficio e sempre piú una corte, accentrando le prerogative e l'interesse popolare che un tempo sembravano spettare di diritto a Buckingham Palace», ha scritto Anthony Sampson. Il processo che ha iniziato a prendere forma con Margaret Thatcher per consolidarsi in seguito con Tony Blair sembra, dunque, irreversibile. Nella Gran Bretagna del XXI secolo, come in gran parte delle democrazie occidentali, molte delle vecchie regole istituzionali appaiono di fatto superate dalla prassi che si è andata consolidando. Le «stanze dei bottoni», a Londra, sono tutte riunite nella palazzina seicentesca eretta a Downing Street e nessuno ritiene davvero probabile una significativa inversione di rotta, indipendentemente dal partito di appartenenza dei premier che si avvicenderanno nella carica.

La vecchia e la nuova City.

Neppure i sovrani possono esercitare tutta la loro autorità all'interno di questo miglio quadrato che da secoli ospita gli ope-

ratori del commercio e della finanza. Prima di entrare nel territorio autonomo della City ogni re o regina deve, infatti, im-
partire al suo ciambellano l'ordine di consegnare la spada nelle
mani del Lord Mayor, il sindaco della minuscola porzione della capitale dove, almeno sul piano formale, ancora valgono molte delle regole definite alla metà del Duecento.

Una solenne sfi-
lata in costume nelle vie del quartiere all'inizio del mese di novembre viene organizzata ogni anno per ricordare e celebrare
l'indipendenza da ogni potere dello spicchio di città dove già
nel Trecento si stabilirono alcuni banchieri toscani e lombardi
giunti a Londra per negoziare, a tassi per loro assai vantaggio-
si, prestiti in favore della Corona. Se dell'antica City è rimasto
ben poco, visto che l'intera zona subí pesantissimi danni durante il *Great Fire*, l'enorme incendio che nel 1666 bruciò buona parte degli edifici eretti a nord del Tamigi, la filosofia imprenditoriale di cui è espressione resta in sostanza immutata
dall'epoca della sua fondazione. Far soldi attraverso la vendita
di soldi è il principio che accomuna i suoi primi abitanti agli
yuppie aggressivi e rampanti dell'era Thatcher, mirabilmente
ritratti in piú di un film di successo, e ben si adatta anche
all'epoca contemporanea all'insegna di un turbocapitalismo di
marca globale.

Risale al 1576, del resto, la nascita del Royal Exchange
all'incrocio tra Threadneedle Street e Cornhill, anche se l'imponente palazzo in stile neoclassico sul quale posa immancabil-
mente gli occhi ogni passeggero della metropolitana che esce
dalla stazione di Bank ha sostituito quello originale dopo l'incendio del Seicento e non ospita piú il mercato dei titoli, che
dal luglio del 2004 vengono scambiati in un modernissimo grattacielo a poca distanza dalla cattedrale di St Paul. A fianco
dell'antica sede del Royal Exchange c'è poi la Bank of England
fondata nel 1694 dallo scozzese William Paterson con un capitale di un milione di sterline. Dell'edificio di gusto neoclassico
eretto nel 1789 su un progetto di John Soane resta ben poco dopo l'ampliamento fra le due guerre mondiali. Tranne alcune co-
struzioni che risalgono al XVIII secolo, sotto il profilo urbani-

stico la City ha preso forma durante l'Ottocento, assumendo
un ruolo strategico a partire dall'epoca vittoriana che lo studioso Peter Ackroyd cosí riassume in un capitolo della sua monumentale e preziosa biografia della capitale britannica:

> La Londra di fine Ottocento si fondava sul denaro. La City aveva
> realizzato lo storico destino che aveva perseguito per quasi duemila an-
> ni. Era diventata il progenitore degli scambi, il veicolo del credito in tut-
> to il mondo: la City manteneva l'Inghilterra cosí come le ricchezze dell'im-
> pero la incrementavano. Con i secoli il commercio marittimo dei suoi pri-
> mi abitanti aveva prodotto frutti insperati, perché alla svolta del secolo
> quasi la metà degli scambi commerciali marittimi era controllato, diret-
> tamente o indirettamente, dalla City. Nei primi decenni del Novecento
> i nuovi isolati di uffici diventarono una presenza familiare; vennero co-
> struite, su vasta scala, nuove banche, sedi di imprese, uffici di assicura-
> zioni... tutto contribuiva a mostrare una città in crescita accelerata e qua-
> si innaturale. Era innaturale anche sotto altri aspetti. L'avvento della lu-
> ce elettrica alla fine dell'Ottocento (la prima illuminazione di interni si
> realizzò, nel 1887, nei locali della Lloyd's Bank in Lombard Street) si-
> gnificò inevitabilmente che la luce naturale non era piú necessaria per la-
> vorare in interni. Cosí si giunse a quelle grandi ondate di impiegati della
> City che avrebbero potuto abitare sotto il mare: andavano al lavoro nel
> buio di un mattino invernale e ritornavano a casa la sera senza aver visto
> una volta la luce del sole.

Di loro parla nel 1922 il poeta T. S. Eliot in *The Waste Land*,
il poema con il quale si apre la stagione del modernismo, ri-
traendoli mentre si affrettano verso l'ufficio «sotto la nebbia
bruna di un'alba d'inverno». Scrive Eliot, a lungo funzionario
di banca proprio nella City: «Una gran folla fluiva sopra il Lon-
don Bridge, cosí tanta, | ch'i' non avrei mai creduto che morte
tanta n'avesse disfatta. | Sospiri brevi e infrequenti, se ne esa-
lavano, | e ognuno procedeva con gli occhi fissi ai piedi». Cen-
tinaia di migliaia di persone, quasi sempre di sesso maschile, si
accalcavano ogni giorno all'interno del miglio quadrato che de-
limitava i confini del distretto della finanza, indossando un abito scuro e con in testa spesso la tradizionale bombetta imposta
dal severo codice dell'abbigliamento in uso nel periodo vittoriano e sopravvissuta sino agli anni Sessanta del Novecento.
Neppure i pesantissimi bombardamenti tedeschi tra l'autunno

del 1940 e la primavera del 1941 riuscirono a mutare i ritmi di
lavoro della City: proprio in queste strade, infatti, vennero esposti tra le rovine ancora fumanti dei palazzi i celebri cartelli che
garantivano «business as usual». Al termine del conflitto si ri-
costruirono in fretta gli edifici rasi al suolo e l'attività riprese a
pieno regime, seguendo la scansione temporale di sempre: affol-
latissima dal mattino al tardo pomeriggio, la City poi progres-
sivamente si svuotava, diventando una sorta di guscio vuoto di
sera o di notte e durante il sabato e la domenica. È stato infatti calcolato che se nella parte centrale di una normale giornata
degli anni Sessanta circa settecentomila persone erano presenti negli uffici, il numero si riduceva a poche migliaia alla fine
dell'orario di lavoro.

Sino alle radicali trasformazioni avvenute nel mondo dell'industria e della finanza durante la permanenza a Downing Street
di Margaret Thatcher, la City ha dunque rappresentato il simbolo maggiormente riconoscibile in patria e all'estero di una forma di capitalismo che Anthony Sampson ritiene derivare in linea diretta dalla tradizione antica dei club e dei gentlemen che
per secoli hanno frequentato questi luoghi di ritrovo cosí tipici
del vecchio stile di vita britannico. Scrive in proposito Sampson:

> La City è stata governata a lungo da regole non scritte ma sempre ri-
> spettate che stabilivano in maniera molto rigida quello che era consenti-
> to e ciò che era vietato, da solidi legami di amicizia tra i vertici delle ban-
> che e dalla fiducia reciproca riassunta nel motto della Borsa: la parola da-
> ta è sacra. La maggior parte dei simboli del mercato (la Borsa, appunto,
> le banche d'affari, i Lloyd's) erano a pochi minuti a piedi di distanza e ai
> banchieri bastava spesso attraversare la strada per aprire una trattativa.
> Valori comuni e certezza in merito all'integrità personale costituivano gli
> elementi fondamentali sui quali si basava la vita nella City.

Oggi di questo mondo resta ben poco e chi opera nella City
risponde solo alle leggi del turbocapitalismo globale. Il primo
passo venne compiuto nel 1979, quando l'esecutivo annunciò
la caduta del divieto a negoziare in valuta straniera beni di proprietà di imprese britanniche al di fuori dei confini nazionali
senza aver ottenuto il via libera della Banca d'Inghilterra. Al

vero e proprio «Big Bang» si giunse poi nell'ottobre del 1986, appena la Borsa cambiò il suo vecchio nome di «Stock Exchange» per diventare «International Stock Exchange», introdusse la negoziazione elettronica dei titoli, consentí la fusione di banche e brokers e soprattutto aprí le porte agli investitori esteri, permettendo loro di acquisire beni di proprietà inglese senza alcun limite e senza bisogno di chiedere alcuna autorizzazione.

In pochi mesi gran parte dei pacchetti azionari di controllo delle maggiori banche passarono in mani statunitensi o asiatiche e la City balzò nelle posizioni di vertice della graduatoria delle piazze finanziarie mondiali, avviando una continua crescita in termini di volumi di scambi che le permette oggi di insidiare la supremazia di New York e di Tokyo. All'impennata dei valori e delle contrattazioni si accompagnò una massiccia richiesta di spazi per far fronte alle esigenze degli operatori e cosí una nuova City iniziò a prendere forma in una vastissima area a est di quella originale, nella zona dei Docklands in cui un tempo si concentravano molte delle attività commerciali dell'immenso porto costruito nel corso dei secoli lungo le rive del Tamigi. La Docklands Development Corporation era stata costituita nel 1981 per ridare nuova vita alla parte ormai in degrado della capitale che in passato ospitava gli approdi delle navi e i magazzini dove venivano stipate le merci, ma probabilmente il tentativo sarebbe andato incontro a un bruciante fallimento senza il «Big Bang» che cambiò la fisionomia del mondo della finanza. Ecco un'efficace sintesi di quanto avvenne nelle parole di Peter Ackroyd:

> Come nella maggior parte dei piani di sviluppo londinesi, anche in questo caso i risultati furono imprevisti e in parte imprevedibili. La sorte di Canary Wharf fu in questo senso emblematica. La sua parte principale era un grattacielo di duecentocinquanta metri, sormontato da una piramide, con circa novecentomila metri quadrati per uffici. L'impresa originaria si ritirò dal programma e la subentrante Olympia & York fu costretta al fallimento, anche se il grattacielo era quasi finito... Arrivarono gli affittuari e l'intero Canary Wharf fiorí... Tutta la zona fu accusata di «incoerenza estetica» e di disprezzo per la politica sociale a van-

4. Canary Wharf.

taggio del mercato, ma queste sono esattamente le condizioni e le circo-
stanze nelle quali la città si è sviluppata ed è fiorita: non accetta nessun
altro principio di vita. In tale contesto la grande torre di Canary Wharf...
ha guadagnato, secondo le parole di Hebbert, «affetto e accettazione im-
mediati». Questo grande dardo, cosí in sintonia con il profilo della città,
rivaleggia ora con... il Big Ben come simbolo di Londra. Rappresenta pure il piú importante spostamento nella topografia urbana da molti secoli;
la spinta sociale e commerciale si è sempre esercitata verso ovest, ma lo
sviluppo dei Docklands ha aperto quello che è stato chiamato «il corri-
doio orientale», che in termini storici e strutturali offre un passaggio e
un accesso all'Europa.

Gli studiosi di economia sostengono che, in realtà, è stato il
mondo a impadronirsi del Regno Unito dopo aver conquistato
la supremazia nella City anche se ammettono che l'arrivo degli
stranieri ha prodotto conseguenze complessivamente positive,
arrestando il declino del sistema produttivo tradizionale e
aprendo l'era del postindustriale. Lo schema applicato per di-

fendere il ruolo di Londra e della Gran Bretagna segue i parametri del «modello Wimbledon»: non ha la minima importanza la nazionalità di chi si aggiudica l'insalatiera che premia il vincitore del torneo di tennis, la cosa fondamentale è che la competizione conservi intatto il suo prestigio e, soprattutto, venga disputata ogni anno a Londra.

Del capitalismo da gentiluomini, comunque, non c'è piú traccia nella vecchia City e neppure negli uffici in vetro e cemento sorti nei Docklands. I rappresentanti di quel club ristretto e decisamente molto snob sono stati sostituiti dopo il «Big Bang» dai manager stranieri alla guida dei grandi colossi della finanza. «Non aveva alcun senso per i vecchi banchieri tentare di competere con noi. La cosa migliore per loro era vendere a buon prezzo il controllo delle aziende e decidere come godersi gli utili», ha detto qualche anno fa in un'intervista uno dei rappresentanti dei gruppi americani che hanno rilevato importanti istituti di credito. Un consiglio seguito senza opporre troppa resistenza e i cui effetti si misurano nelle graduatorie pubblicate regolarmente dalle riviste specializzate: oggi le tre maggiori società che operano nella City sono statunitensi (Merrill Lynch, Morgan Stanley e Goldman Sachs) e il loro fatturato complessivo, che pure rappresenta solo una porzione dell'intero fatturato della City, supera quello congiunto delle Borse di Taiwan, Singapore, Corea, Cina e India.

Un viaggio a bordo di uno dei treni della Docklands Light Railway, la metropolitana leggera senza conducente inaugurata nel 1987 per collegare la City con la nuova zona di espansione sorta verso est, rappresenta la maniera migliore e piú rapida per osservare da vicino gli edifici costruiti nei Docklands in questi ultimi anni. Chi sale alla stazione di Bank, al centro della City, e prende posto su uno dei vagoni della linea che piega verso sud per raggiungere Lewisham, in poche decine di minuti approda nel cuore di questo quartiere, passando a breve distanza dagli immensi palazzi che ospitano migliaia di uffici per poi planare lentamente all'interno dell'imponente blocco di Canary Wharf. Proseguendo per altre cinque fermate si arriva a

Island Gardens. Qui parte l'unico tunnel pedonale sotto il Tamigi (fu realizzato in epoca vittoriana) che permette di riemergere a Greenwich nella piazza che sino a poco fa ospitava il *Cutty Sark*, una delle navi inglesi piú veloci della storia, il vascello messo in mare nel 1869 da Hercules Linton e ultimo sopravvissuto della piccola flotta utilizzata per trasportare tè o lana dall'Oriente verso l'Europa, di recente danneggiato in maniera grave da un incendio. Ancora una volta, a Londra, i simboli del passato e quelli di un frenetico presente in continua evoluzione si trovano a convivere in maniera pacifica nella medesima area urbana. Dai Docklands e da Canary Wharf si scorgono infatti sull'altra sponda del fiume le facciate di ben note dimore storiche: il Royal Observatory, in primo luogo, costruito dall'architetto Wren nel 1675, dove vennero svelati i misteri della longitudine a beneficio della marina inglese che cosí conquistò e mantenne a lungo una solida supremazia sulle rotte oceaniche, o il Royal Naval College che per secoli ha offerto alloggio agli allievi della miglior scuola nautica del mondo.

Non è comunque solo nei Docklands che si possono osservare gli edifici che hanno dato fama internazionale all'ultima generazione di architetti britannici. Anche il profilo dell'antico miglio quadrato nel cuore della capitale ha mutato aspetto e decine di nuovi palazzi sono sorti al posto di quelli nei quali sino agli anni Ottanta lavoravano gli operatori finanziari della City. Due, in particolare, hanno ormai acquisito il valore simbolico che all'epoca del capitalismo da gentiluomini veniva riconosciuto alla Borsa o alla sede della Banca d'Inghilterra. Si tratta del Lloyd's Building progettato da Richard Rogers in One Lime Street, dove la compagnia fondata nel 1691 da Edward Lloyd si è trasferita abbandonando la storica sede di Leadenhall Street, e soprattutto della Swiss Re Tower che sorge al numero 30 di St Mary Axe, a pochissimi passi di distanza dal Lloyd's Building. Frutto dell'instancabile genio creativo di Norman Foster, la Swiss Re Tower è di proprietà di una società elvetica e dall'inaugurazione nel 2003 viene ritenuto un esplicito simbolo fallico in vetro e acciaio (il nomignolo popolare è *gherkin*, «ce-

5. La City.

triolo». Il sarcasmo ha tuttavia garantito alla Swiss Re Tower un'immensa popolarità, permettendole di vincere di larga misura un referendum indetto nella primavera del 2005 dal quotidiano «The Guardian» tra i suoi lettori per stabilire quale edificio potesse meglio rappresentare la Londra contemporanea. Poche settimane piú tardi una giuria di esperti ha dato la medesima risposta alla stessa domanda, confermando cosí la fondamentale importanza del lavoro di Norman Foster nel rimodellare l'immagine della capitale.

Il «Big Bang» del 1986 ha segnato l'avvio di una nuova stagione per la City. Pochi anni sono stati sufficienti per mutarne in maniera radicale gli assetti proprietari e il volto, trasformando un'antica istituzione britannica in un luogo che ad alcuni sembra ricordare troppo da vicino altre piazze finanziarie. «Mi spiace dover annunciare la fine della City. Da oggi si chiama Hong Kong West», ha scritto Christopher Fildes sul «Daily Telegraph» nell'autunno del 1997. «All'inizio del terzo millennio la City non ha piú nulla di inglese, è solo una delle sedi di gigantesche imprese che operano su scala planetaria», ha ribadito di recente Anthony Sampson. Lontani i tempi degli impiegati in bombetta e degli immutabili orari d'ufficio, ora nella City e nei Docklands si lavora ventiquattro ore su ventiquattro, con turni spesso massacranti e un'alta percentuale di ricambio degli addetti, per poter intervenire sui mercati americani o asiatici. La metamorfosi ha fatto affluire a Londra un'enorme mole di denaro, garantendo ingenti profitti a una ristretta élite ribattezzata dai sociologi «Super Class»: in proposito si è calcolato che circa i due terzi di chi occupa il vertice della piramide della ricchezza a Londra ricavino il proprio reddito da attività riconducibili alla City.

Che una parte considerevole del terzo mancante per comporre l'intera «Super Class» sia un protagonista dell'*infotainment* conferma la centralità acquisita dalla stampa popolare e dalla tv nell'orientare i gusti, nell'imporre le mode e, soprattutto, nel permettere a chi si trova a essere illuminato dalle luci della ribalta di accumulare in fretta larghe fortune. Si tratta di uno degli effetti maggiormente visibili prodotti dall'ingresso di Londra e dell'intero Regno Unito nell'era della postmodernità e della supremazia del terziario avanzato, di un'evidente conseguenza del rimescolarsi delle gerarchie che ha fatto saltare antichi equilibri in ambito istituzionale, reso obsoleto il capitalismo da gentiluomini e garantito un potere in precedenza sconosciuto agli interpreti dei nuovi tempi capaci di catturare per via emotiva il consenso degli elettori o del pubblico.

La stampa modello tabloid.

Ma c'è davvero qualcuno disposto a credere che David Beckham sarebbe riuscito a diventare un'icona della contemporaneità britannica a livello planetario, conquistando una fama che lo ha collocato sullo stesso piano della principessa Diana e di Tony Blair, senza che il matrimonio con l'ex Spice Girl Victoria Adams, le soffiate ai tabloid sul bizzarro uso dei perizoma della moglie, i continui cambi nel taglio e nell'acconciatura dei capelli gli garantissero uno spazio quotidiano su stampa popolare e canali satellitari? Calciatore discreto ma non eccellente secondo la maggior parte dei tecnici inglesi, Beckham rappresenta un caso esemplare di fenomeno *trash* che, in virtú della notorietà conquistata, impone canoni esteticamente discutibili alla moda e si trasforma in oggetto di culto, nel perfetto testimonial dei cambiamenti avvenuti nel Regno Unito. Nella *Cool Britannia* innamorata di tutto ciò che fa immagine, pronta a credere a qualsiasi favola inventata a tavolino dai signori dello *spin*, il fragoroso debutto di Beckham e, in seguito, il suo matrimonio con una pop star come Victoria Adams rappresentano il sogno realizzato degli esperti di marketing e la conferma che lo *showbiz* può vincere senza incontrare resistenze davvero insuperabili.

David e Victoria sono diventati agli occhi degli inglesi e del mondo «La Coppia» per antonomasia, quella che Carlo & Diana non riuscirono a diventare, il modello per milioni di *kidult*, uomini e donne che l'anagrafe vuole adulti ma che conservano gusti e ingenuità da bambini. Tra loro e i fan non c'è alcuna distanza sotto il profilo dei comportamenti e delle abitudini, solo un'abissale differenza di reddito.

A chi ricorda le teorie di Jean-François Lyotard, l'inarrestabile trionfo mediatico di Beckham garantisce la conferma che il saggio del filosofo francese del 1979 offriva con congruo anticipo una lucida profezia su quanto sarebbe accaduto. Scriveva allora Lyotard:

> Oggetti e contenuti sono diventati indifferenti, perché l'unica domanda alla quale si presta attenzione riguarda il loro essere interessanti. E a renderli interessanti provvedono i media.

Che poi sarebbe stato proprio il Regno Unito a liberarsi prima di altri paesi europei di vecchie abitudini ormai obsolete, aprendosi con generosa liberalità al nuovo stile di vita di matrice statunitense dominato dall'*infotainment* e dallo *spin* era già chiaro dalla primavera del 1992, quando sulle pagine del «Sunday Times» Andrew Morton iniziò a rivelare la «vera storia» di Diana. Se la testata che in precedenza veniva ritenuta la voce ufficiale dell'aristocrazia conservatrice decideva di offrire spazio al gossip il segnale era davvero inequivocabile: debuttava la *Cool Britannia*, un po' *pop* e un po' *trash*, che ha trovato proprio nella «principessa del popolo», in Tony Blair e in David Beckham i suoi interpreti migliori.

I quotidiani della capitale sono stati rapidissimi nell'adeguarsi ai ritmi dei nuovi tempi e a dar loro ogni giorno voce, abbattendo ogni distinzione nella gerarchia delle notizie e adeguando lo stile dei giornali di maggior prestigio a quello della stampa popolare. In precedenza il confine era netto: «tabloid» non significava solo quotidiano di piccolo formato ma era soprattutto sinonimo di un modello scandalistico, gridato, con titoloni a caratteri cubitali in prima pagina, mentre altre testate (i «broadsheet», i quotidiani «a largo sfoglio») preferivano privilegiare la qualità. L'unico punto in comune era storicamente rappresentato da un luogo, quella Fleet Street che costituisce l'asse di collegamento tra la zona dei tribunali e la City dove tutti i gruppi editoriali avevano la propria sede. Che le barriere fossero destinate a cadere si cominciò a capirlo all'inizio degli anni Ottanta quando il magnate australiano Rupert Murdoch, che già deteneva la proprietà del «Sun» e del «News of the World» (i tabloid di maggior successo), annunciò l'acquisto del «Times» e del «Sunday Times», le voci storiche del giornalismo di qualità. Poco dopo Murdoch compí un passo ancora piú significativo sotto il profilo simbolico, trasferendo le redazioni a Wapping, presto imitato anche dagli altri *tycoon* della stampa. L'abbandono di Fleet Street rappresenta la chiusura di una storia ultracentenaria ma soprattutto la fine di un modello di giornalismo, la caduta dei confini tra lo stile urlato dei tabloid e quello sobrio della stampa di qualità, di cui la scelta compiuta nel 1992 dal «Sunday Times» costituisce una controprova assai esplicita.

A Fleet Street la stampa aveva cominciato a mettere radici nel XVI secolo, quando un pioniere, Wynky de Worde, aprí una minuscola tipografia nella strada che prende nome dall'omonimo fiume, oggi coperto, che l'attraversa prima di immettersi nel Tamigi. Fu poi necessario attendere l'inizio del Settecento per osservare la nascita del giornalismo moderno e assistere al suo tumultuoso sviluppo in una Londra che iniziava a prosperare grazie alla crescita del commercio: nel 1704 Daniel Defoe fondava «The Review», presto imitato da altri scrittori e polemisti a caccia di rapidi guadagni. E cosí solo poche decine di anni piú tardi nella capitale già si contavano oltre cinquanta testate, mentre nel 1785 John Walter lanciava sul mercato il «Daily Universal Register», che dal gennaio 1788 divenne «The Times» e contribuí in misura decisiva a rendere universalmente nota la via dove aveva sede e a renderla sinonimo del mestiere di chi vi lavorava. Il passaggio da una attività rivolta soprattutto alle classi dirigenti a un vero e proprio pubblico di massa è invece di epoca vittoriana, quando debuttano gli antenati dei tabloid che si rivolgono a una *working class* maschile affamata di informazioni sulla vita «reale», la cui filosofia fu poi

riassunta e sbeffeggiata in maniera mirabile dallo scrittore
Evelyn Waugh in *Scoop*, eccellente romanzo apparso nel 1938
che offre una graffiante satira delle abitudini dei frequentatori di Fleet Street. «Le notizie sono quella cosa strana che un ti-
zio che non si interessa di nulla vuole leggere. E restano notizie finché le legge, poi sono morte», spiega un veterano del mestiere a un giovane giornalista. Proprio per soddisfare le
curiosità di questo tipo di cliente nel 1843 venne lanciato il
«News of the World», il cui successo spinse altri imprenditori
a seguirne l'esempio tra la fine dell'Ottocento e l'inizio del Novecento creando una solida industria della stampa popolare con
il suo centro proprio a Fleet Street, capace di vendere ogni giorno milioni di copie grazie a una ricetta sempre identica: crona-
ca, gossip, scandali, sport e immagini di avvenenti ragazze quasi nude, una novità introdotta negli anni Settanta e molto ap-
prezzata dai lettori.
    A lungo Fleet Street è stata tra le vie piú animate di Lon-
dra: durante il giorno per il frenetico incrociarsi dei giornalisti
che entravano e uscivano dalle redazioni per motivi di servizio
o per una sosta nelle decine di pub aperti in zona, dopo il cala-
re della sera e per l'intera notte per l'alto numero di furgoni e
di camion che vi affluivano per prelevare le copie appena uscite dalle rumorosissime rotative celate nei profondi sotterranei
dei grandi palazzi che ospitavano le redazioni. Per molto tempo nella «strada dell'inchiostro» ha pulsato il cuore del giornalismo mondiale. Qui, infatti, avevano la loro sede tutti i piú importanti quotidiani inglesi, le agenzie di stampa e centinaia di
uffici di corrispondenza, coltissimi e raffinati editorialisti del
«Times» potevano trovarsi di fronte a una pinta di birra insieme a sconosciuti redattori, magari per commentare i risultati
delle partite di calcio o le immagini delle signorine a seno nudo
pubblicate dai tabloid e definite una volta da un ministro del
governo Thatcher «le Veneri di Milo della classe lavoratrice».
Quella frenesia e quel cameratismo sono oggi solo un ricordo
del passato e Fleet Street si è lasciata alle spalle oltre due secoli di storia per diventare una via identica a tante altre in una

zona piena di uffici finanziari e legali. Gli ultimi della vecchia guardia ad andarsene sono stati, nel giugno del 2005, i dipendenti della Reuters e nel giorno del trasloco è stata organizzata una funzione religiosa commemorativa nella piccola chiesa di St Bride's durante la quale ha preso la parola proprio Rupert Murdoch che, citando un passo della Bibbia, si è lanciato nell'elogio «degli uomini illustri che ci furono padri nella storia» davanti ai direttori delle principali testate londinesi. Anche i pub dove le frustrazioni dei cronisti finivano spesso annegate in sbronze leggendarie hanno chiuso i battenti. Il loro posto è stato preso dai *wine bar* che offrono a caro prezzo vini di discutibile qualità, luogo d'incontro degli impiegati al termine dell'orario di lavoro.

La rivoluzione nel mondo della stampa londinese che ha coinciso con l'abbandono di Fleet Street ha mutato l'antica filosofia alla quale si ispiravano i giornali di qualità: oggi non soltanto tutte le principali testate hanno adottato il formato tabloid (l'unico tra i «broadsheet» a resistere è il «Daily Telegraph»), ma soprattutto l'aggressivo approccio al mercato che ha fatto la fortuna di quel modello si è imposto in maniera uniforme, contagiando ogni ambito della vita pubblica a cominciare proprio dal dibattito politico. Molti studiosi, del resto, hanno individuato nello strettissimo legame tra Blair e i quotidiani a larga tiratura e nell'attività di *spin* che lo caratterizza i segni piú evidenti dei profondi cambiamenti avviati, a partire dalla metà dei Novanta, dalla nuova leadership del partito. Se nel 1993 John Smith, all'epoca alla guida dei laburisti, rifiuta con sdegno di seguire l'esempio di Bill Clinton e di ricorrere a tecniche di marketing per guadagnare il consenso degli elettori («Io mi occupo di cose serie, non desidero che la politica venga confusa con l'industria dell'intrattenimento», sostiene), con l'arrivo nel 1994 ai vertici del partito di Blair e del suo gruppo l'approccio ai media e la gestione del rapporto con l'opinione pubblica cambia in maniera davvero radicale e Geoff Hoon, amico personale di Blair e in seguito ministro, può teorizzare senza alcun imbarazzo in piú di un'intervista che il New

Labour va gestito «con lo stesso piglio manageriale delle grandi aziende, senza dimenticare che il successo di un prodotto dipende in larga misura dall'efficacia della comunicazione». Dal canto suo Alastair Campbell, a lungo a Downing Street con il compito di promuovere l'immagine di Blair, ritiene che ormai uno slogan è sufficiente per riassumere un intero progetto politico nel Regno Unito dei *roaring Nineties*: «l'unico messaggio davvero comprensibile per il normale elettore deve essere brillante come il titolo di apertura di un tabloid e non può superare i confini di un passaggio in tv di venti secondi», afferma dopo il trionfo del 1997 sui conservatori.

È davvero impossibile comprendere le modalità e il significato dei cambiamenti che hanno avuto luogo negli ultimi decenni in Gran Bretagna senza attribuire un ruolo centrale ai media e in particolare alla stampa, forte di tredici milioni di copie vendute ogni giorno e capace di determinare gusti e di orientare opinioni in misura piú forte rispetto alla televisione. Il «Big Bang» non è avvenuto solo all'interno della City ma ha coinvolto in primo luogo la monarchia e quindi le altre istituzioni. La cui solidità dipende ormai in larga misura dal consenso di un'opinione pubblica dagli umori mutevoli, che tende ad apprezzare e premiare chi utilizza il «modello Beckham». Con conseguente trionfo dell'effimero o del sensazionale. Lo stile tabloid, appunto, elevato al rango di norma universale. Che poi possa trattarsi dello sviluppo in versione contemporanea delle intuizioni ottocentesche sull'importanza delle cerimonie e della visibilità dei sovrani costituisce magari una rassicurante garanzia di continuità tra il passato e il presente.

Durante la partita del riassetto dei poteri la stampa ha, in ogni caso, tratto un notevole vantaggio rispetto ai tempi in cui le sedi dei giornali erano allineate lungo Fleet Street. Ora a Londra chi comanda e decide abita a Downing Street o lavora nella City, a Canary Wharf o nei Docklands, mentre agli inquilini di Buckingham Palace e degli altri palazzi reali sono riservati solo ruoli da spettatori. Riuscire a parlare ai cuori piuttosto che alle menti, saper piacere, mostrarsi abili nell'offrire facili suggestioni emotive si stanno rivelando gli elementi fondamentali per conquistare la fiducia e il consenso. E se davvero, nell'era di quella società dello spettacolo di cui Londra è una capitale a livello planetario, il populismo è un'arma fondamentale, allora il continuo ricorso a ben collaudate tecniche di *spin* diventa un elemento determinante per restare al centro della scena pubblica mantenendo cosí le prerogative che nessun ruolo istituzionale, da solo, può garantire.

Il mondo in una città

Il panorama etnico di Londra sta cambiando in maniera rivoluzionaria: su un totale di poco superiore a sette milioni di abitanti, un terzo appartiene alle minoranze sbarcate a partire dal secondo dopoguerra. Sono gli inglesi con il trattino: gli anglo-indiani, gli anglo-pakistani, gli anglo-cinesi, gli anglo-caraibici e gli altri componenti di decine di comunità con origini straniere. Diventati da tempo cittadini del Regno Unito, restano fieri delle proprie radici e hanno importato trecento lingue diverse, provenienti da ogni angolo del pianeta. Londra, inoltre, continua a rappresentare la meta di gran parte degli uomini e delle donne che decidono di mettersi in viaggio verso la Gran Bretagna: il cinquanta per cento dei centocinquantamila immigrati che ogni anno arrivano tenta di trovare casa e lavoro proprio nella capitale. Un costante flusso in uscita rende meno esplosiva la crescita demografica di una città che nelle previsioni degli studiosi supererà entro il 2015 gli otto milioni di residenti: se ne vanno in duecentomila ogni dodici mesi. Quasi sempre si tratta di pensionati che ritengono piú confortevole o meno dispendioso vivere in luoghi capaci di offrire maggiori garanzie di tranquillità, magari vicino alla costa, oppure scelgono di trasferirsi all'estero e acquistano casa in Francia, in Italia o in Spagna.

La Londra contemporanea rappresenta una novità assoluta in termini di integrazione multirazziale, almeno per quanto riguarda l'Europa. A sostenerlo è anche una lunga e ben documentata inchiesta uscita alla fine del gennaio 2005 sul quotidiano «The Guardian». Nella quale si afferma che mai nel resto del continente tante persone di origini cosí diverse si sono trovate insieme nello stesso luogo. Con il risultato che sarà proprio Londra a stabilire il successo o il fallimento del tentativo di integrare in maniera pacifica i protagonisti dei flussi migratori alimentati dal processo di fusione delle economie a livello globale. Perché, se è vero che New York o Toronto hanno le carte in regola per contenderle il primato in termini di cosmopolitismo, Londra è l'unica metropoli europea ad aver sperimentato con una velocità sconosciuta altrove questo processo di mutamento. Pagando, almeno per ora, un prezzo abbastanza modesto in termini di conflitti sociali. Le politiche avviate negli ultimi anni dagli esecutivi nazionali e dalle autorità locali hanno contenuto, per quanto possibile, l'emarginazione degli immigrati, all'origine di disordini scoppiati in passato. Scelte urbanistiche accorte hanno poi evitato la nascita spontanea di nuovi ghetti urbani, mentre ingenti risorse sono state impiegate per smantellare quelli già esistenti.

Le ripercussioni dell'inarrestabile marea di arrivi nella città dove si registra la piú alta percentuale di ore lavorate ogni giorno dell'intera Europa appaiono evidenti sul mercato immobiliare: i prezzi delle case e degli appartamenti sono in costante rialzo, gli affitti salgono alle stelle e sembrano destinati a travolgere ogni record storico. È la manodopera meno qualificata a subirne per prima le conseguenze negative. Ma anche le figure professionali intermedie provenienti dall'estero devono fronteggiare enormi problemi per garantirsi una sopravvivenza dignitosa nella capitale piú cara del continente. La crescita dei valori immobiliari e l'aumento del reddito degli immigrati hanno comunque finito per avere ricadute positive sul tessuto urbano di molti quartieri periferici, favorendo la loro riqualificazione.

Oggi a Londra il trenta per cento degli abitanti non ha la pelle bianca e solo la metà viene classificata dagli esperti come britannica allo stato puro. I sondaggi dicono che i londinesi considerano a larghissima maggioranza il loro simbolo l'atleta di colore Kelly Holmes, vincitrice di due medaglie d'oro nel mezzofondo alle Olimpiadi di Atene e capace di battere nelle rilevazioni addirittura la regina Elisabetta. L'atteggiamento nei confronti dei cittadini con passaporto inglese originari di altre parti del mondo sembra, insomma, meno viziato rispetto a pochi decenni fa da pericolosi pregiudizi di natura razziale. Anche se, di tanto in tanto, qualche focolaio non manca di accendersi. Ecco in proposito l'opinione di Leo Benedictus, autore dell'inchiesta uscita sul «Guardian»:

> Il quadro complessivo che emerge è quello di una città tollerante. Anche se, forse, oltre la tolleranza, almeno per ora, non si va e c'è chi sostiene che la parola piú giusta è indifferenza. Certo, i giorni in cui la vista di un uomo con il turbante in testa bloccava il traffico sono finiti ormai da un pezzo. Ma non è ancora venuto il giorno in cui il londinese medio saprà con esattezza perché quell'uomo porta il turbante. Forse quel giorno non arriverà mai: pensate alle migliaia di londinesi che si sono divertiti a perseguitare gli immigrati durante l'intero ventesimo secolo. Ebrei e tedeschi erano bersagli facili, seguiti dai caraibici e dagli asiatici le cui case vennero periodicamente assediate e incendiate dai bianchi. Però se l'alternativa piú comune è l'ostilità, allora forse l'indifferenza non è tanto male. I tassisti, del resto, non diventano sostenitori del multiculturalismo dall'oggi al domani, proprio come gli immigrati non si trasformano per magia in perfetti britannici.

I flussi migratori, irrobustitisi nell'ultimo decennio e contrassegnati sempre piú da uomini e donne con un buon titolo di studio, hanno cambiato la mappa etnica e urbanistica di Londra, offrendo un contributo decisivo alla definizione di una nuova idea della «londonesità». Simile per certi aspetti, anche se lontana anni luce nel suo significato profondo, a quella che aveva preso forma fra Otto e Novecento e ormai inadeguata per riassumere i mutamenti avvenuti durante l'ultimo mezzo secolo. Londra è infatti tornata a essere una città «imperiale». Tuttavia non certo in virtú di un controllo diretto esercitato su gran parte del globo. Bensí per la caratteristica di ospitare uomini e donne provenienti dall'intero pianeta, che si mescolano in maniera abbastanza pacifica e con una velocità sconosciuta altrove. Permettendole di mantenere un primato che un tempo le era garantito dalla forza del suo esercito o delle sue imprese. Mentre oggi le viene assegnato per la dinamicità e per la vivacità culturale che è in grado di esprimere proprio grazie all'apporto fondamentale degli inglesi con il trattino.

East End.

Sono i quartieri alle spalle della City quelli che meglio raccontano al viaggiatore attento le trasformazioni di cui sono stati protagonisti in questi anni gli immigrati. Spitalfields, Whitechapel, Shoreditch e altre parti dell'area che sulla carta di Londra viene indicata con le sigle E1 e E2, hanno cancellato quasi ogni traccia del loro difficile passato per diventare frenetici incubatori di futuro. Proprio alla dinamicità imprenditoriale dei cittadini di pelle scura va ascritto il merito di essere riusciti a offrire una prospettiva di sviluppo alla zona un tempo sinonimo di degrado e di miseria. Qui, infatti, trovavano alloggio nell'Ottocento, attirati dai bassi affitti, i derelitti in arrivo dall'estero e si mescolavano con la fascia piú povera della *working class* britannica o con i rifugiati politici espulsi dalla loro terra d'origine. Erano in particolare le aziende tessili a garantire un modesto reddito agli abitanti di un inferno di cui i militanti delle organizzazioni caritatevoli di epoca vittoriana parlavano con gli stessi toni apocalittici adoperati per narrare i viaggi nel cuore dell'Africa. Oggi i capannoni industriali rimasti a lungo abbandonati ospitano gallerie d'arte, studi di professionisti, locali notturni, ristoranti. Garantendo una mescolanza di colori, stili di vita e lingue che hanno reso l'intero East End una zona alla moda, in cui i prezzi delle case, degli appartamenti e dei negozi salgono senza sosta.

La rivoluzione dell'East End è avvenuta davvero molto in fretta e senza un preciso disegno strategico a guidarla. Per capire cos'era sino a un passato decisamente prossimo è utile leggere *Sette mari tredici fiumi*, il romanzo del 2003 con cui ha fatto il suo folgorante esordio Monica Ali, nata a Dacca nel 1967 da padre bengalese e madre britannica ma laureatasi in letteratura a Oxford. Attraverso le disavventure di Nazneen, la sposa-bambina spedita a Londra dall'Asia per unirsi in matrimonio con un uomo molto piú anziano di lei, Monica Ali riassume le difficoltà con cui doveva fare i conti all'inizio degli anni Ottanta, in epoca di thatcherismo trionfante, chi si trovava rinchiuso in quel ghetto noto come «Banglatown» ai lettori della stampa popolare inglese. Quando finalmente una mattina Nazneen decide di uscire dal suo minuscolo appartamento per esplorare il quartiere dove abita ecco cosa vede:

> Fuori, piccoli lembi di nebbia pendevano dai lampioni come barbe, mentre uno stuolo di piccioni girava sull'erba con aria stanca, come un gruppo di detenuti in cortile durante l'ora d'aria... Nazneen si coprí i capelli con l'estremità del sari. Arrivata alla strada principale, guardò da una parte e dall'altra, poi svoltò a sinistra. Due uomini stavano trascinando dei mobili fuori da una bottega di rigattiere per metterli in mostra sul marciapiede. Uno di loro rientrò e uscí con una sedia a rotelle. Vi assicurò una catena e la fissò con un lucchetto a un armadio, come se stesse organizzando una gara di corsa a tre gambe tra i mobili... Lei riprese a correre e imboccò una traversa, poi svoltò di nuovo a destra su Brick Lane... E le strade erano ingombre di rifiuti, regni interi di rifiuti accatastati a formare fortezze separate unicamente dai fragili confini di bottiglie di plastica e scatole di cartone unte... Un paio di scolaretti, pallidi come il riso e chiassosi come pavoni, tagliarono per quella strada dirigendosi a precipizio verso una traversa, correndo per la gioia o per il terrore. Altrimenti, Brick Lane era deserta.

Vent'anni dopo non c'è piú traccia di rigattieri a Brick Lane, la via è sempre animata, spesso la sera è difficile farsi largo tra chi la percorre per trovare un tavolo disponibile in uno dei ristoranti etnici ospitati dagli edifici con la facciata di mattoni rossi. Sono il cibo, il design e la moda a caratterizzare lo sviluppo di questa porzione dell'East End che deve il suo nome alle antiche fornaci aperte nel Cinquecento. Tre elementi che indicano il rapido passaggio al paradiso del postindustriale dopo il declino del tessile e la chiusura degli ultimi laboratori. Una metamorfosi avvenuta dolcemente e senza vendersi l'anima, evitando il rischio di un'inutile assimilazione, cogliendo il vento di un largo favore per un meticciato in grado di ridisegnare piat-

6. Brick Lane.

ti, abiti e oggetti d'arredo. E cosí la polverosa e buia bottega
dove Nazneen poteva acquistare i suoi sari è ora un Modern
Sari Center ricco di colori vivaci, una vera e propria boutique
in cui chi entra osserva l'influsso europeo in ambito sartoriale
esercitato sui capi tradizionali delle donne del subcontinente.
Ancora pochi passi e si arriva al Vibe Bar, locale di culto tra i
giovani di Londra, che promuove la musica d'avanguardia. Pochi metri piú avanti a fargli concorrenza c'è il Café Naz, che
il proprietario Muquim Ahmed presenta con orgoglio come meta abituale di Tracey Emin, stella nascente dell'ultima generazione di artisti britannici. Al posto dei rigattieri sbirciati da
Nazneen nel corso della sua passeggiata ci sono negozi d'arredo in cui pezzi unici di inizio Novecento vengono offerti a ca-
rissimo prezzo accanto a mobili piú recenti ma con un costo altrettanto inavvicinabile per chi dispone solo di un reddito medio basso.
    È la stessa Monica Ali nella seconda parte del suo romanzo
a proporre una sintesi delle trasformazioni avvenute in Brick
Lane raccontando ancora una volta una passeggiata di Nazneen.

Questa volta la donna è in compagnia del marito e dalla prima
esplorazione della via sono trascorsi quindici anni:

> C'erano anche locali eleganti con tovaglie bianche inamidate e schie-
> re di posate d'argento scintillanti... I tavoli erano distanziati e si notava
> un'assenza di decorazioni nella quali Nazneen riconosceva uno stile ri-
> cercato... «Vedi, – disse Chanu. – Tutti questi soldi, soldi dappertutto.
> Dieci anni fa qui non c'erano soldi». Fra un ristorante bengalese e l'al-
> tro, tante piccole botteghe vendevano vestiti, borse e gingilli. I giova-
> notti, tra i clienti, indossavano calzoni con l'orlo tagliato e sandali, le ra-
> gazze T-shirt tese sul petto che lasciavano scoperto l'ombelico. Chanu si
> fermò a guardare la vetrina di un negozio. «Settantacinque sterline per
> quella piccola borsa. Dentro non ci starebbe neanche un libro».

L'ingresso a pieno titolo nella *middle class* di migliaia di abitanti della zona di origine asiatica si è sommato all'effetto di
una riqualificazione urbanistica che ha reso eleganti e moderni
molti edifici dell'East End, trasformando il ghetto degli emi-
grati e dei lavoratori piú poveri di pelle bianca in un'area ormai
etichettata come *cool*, che tuttavia conserva ancora ben visibili alcune tracce del passato. Se si scende verso la parte sud di
Brick Lane, a poche centinaia di metri dalla stazione di Liverpool Street, la porta di Londra per tutti i viaggiatori in arrivo
dall'aeroporto di Stansted, si trova ad esempio all'incrocio con
Fournier Street un grande edificio dalla storia suggestiva: costruito nel 1744 come chiesa per i tessitori ugonotti, a partire
dal 1898 e sino al 1975 fu utilizzato come sinagoga dagli ebrei
del quartiere per poi trasformarsi nella London Jamme Masjjd,
la moschea di «Banglatown», appunto. Il carattere sacro del
luogo, dunque, è rimasto inalterato nel corso dei secoli, pur mutando il culto. A riprova che ha ragione Roy Porter quando, in
un suo saggio sulla storia sociale della metropoli, fa rilevare che
una delle principali caratteristiche di Londra è costituita dall'incessante trasformazione, dalla capacità di assorbire e inglobare
elementi diversi piuttosto che cancellarli e rimuoverli.

Il flusso migratorio che oggi colora e arricchisce l'intero East
End ha radici profonde nel passato. Qui, infatti, si insediarono gli ugonotti francesi che attraversarono la Manica tra il Sei-

cento e il Settecento, gettando i semi di una laboriosità operaia destinata in seguito a stringere un fitto dialogo con il radicalismo politico. Delle minuscole librerie anarchiche aperte durante l'ultima parte del vittorianesimo non c'è però quasi piú traccia. L'unica che sopravvive, sia pure tra mille difficoltà, è il Freedom Bookstore in Angel Alley, un minuscolo vicolo alle spalle di Whitechapel High Street. All'incrocio tra Fulbourne Street e Whitechapel Road si può ancora vedere l'edificio dove, nel 1907, si tennero le riunioni per preparare il congresso del Partito socialdemocratico russo alle quali presero parte, tra gli altri Gorkij, Trockij e Lenin. Nelle vie dell'East End, poi, ebbero luogo all'inizio del Novecento molti scontri tra i lavoratori e la polizia, culminati nella grande mobilitazione durante lo sciopero generale del 1926, l'anno peggiore per le vertenze sindacali dell'intera storia britannica del xx secolo a giudizio degli studiosi.

Un murale dipinto sulla facciata della St George's Town Hall ricorda l'epica battaglia di Cable Street, nella parte meridionale di Whitechapel, combattuta il 5 ottobre 1936. A Cable Street i fascisti inglesi, con alla testa Oswald Mosley, vennero bloccati grazie a fitte sassaiole e alle barricate erette in tutta fretta dagli abitanti del quartiere mentre erano in marcia per occupare l'East End. «Vogliamo ripulirlo dalla feccia composta da stranieri e comunisti che ne ammorba l'aria», disse lo stesso Mosley annunciando ai giornali la spedizione. Per respingere l'assalto si mobilitò un gruppo assai eterogeneo sotto il profilo etnico. C'erano irlandesi, ebrei, francesi, russi e polacchi, oltre naturalmente a decine di esponenti della *working class* britannica con il cuore a sinistra. Lo scontro fu violento e venne in seguito raccontato in dettaglio dal deputato Phil Piratin nel suo celebre volume autobiografico *Our Flag Stays Red*. La giornata si conclude con la ritirata dei fascisti che, scortati dalla polizia, preferirono ripiegare verso la sponda del Tamigi lasciando l'East End al suo destino multirazziale.

L'anima popolare di questa zona ha ispirato una delle soap di maggior successo e di piú lunga durata della tv britannica:

EastEnders viene messo in onda dalla Bbc due volte alla settimana dal febbraio 1985, ha già raggiunto il traguardo di tremila puntate alle quali assistono in media oltre sette milioni di telespettatori, con un record assoluto di trenta milioni a Natale del 1986. La radicalità dell'East End è riemersa in occasione delle politiche del maggio 2005, quando a sorpresa si è interrotto il dominio laburista. A Westminster, infatti, gli elettori dell'East End hanno inviato George Galloway, leader e fondatore di Respect, il partito costruito e messo in pista in pochi mesi dopo la cacciata dello stesso Galloway dal New Labour a causa della sua battaglia contro l'intervento militare in Iraq e, soprattutto, dei legami poco trasparenti con il regime di Saddam dal quale potrebbe aver ricevuto finanziamenti. L'accusa non ha danneggiato Galloway nel corso di un'aspra campagna elettorale conclusasi con una larga vittoria sulla parlamentare uscente, la giovane Oona King, una «Blair's Babe» con le caratteristiche biografiche giuste per rappresentare lo spirito *liberal* e tollerante del quartiere. Nonostante sia figlia di un afro-americano, distintosi negli Stati Uniti nella battaglia per i diritti civili, e di un'ebrea nata in una zona dell'East End che ricorda le comunità dell'Europa orientale raffigurate nelle tele di Chagall, Oona King ha pagato la rabbia di molti cittadini di fede musulmana residenti nel collegio per le scelte del primo ministro, da lei sostenute in maniera aperta. E così Galloway, sanguigno populista, è riuscito a catturare la maggioranza dei voti espressi nell'East End, garantendo a Respect almeno un seggio parlamentare.

Un saldo rapporto tra il passato e il presente dell'East End non caratterizza soltanto la vita politica di questa porzione del centro di Londra dove nell'Ottocento la buona borghesia rifiutava addirittura di mettere piede. «Non siamo soliti portarvi i nostri clienti. Non abbiamo richieste e non sappiamo niente di quei posti», rispose nel 1902 il direttore della agenzia Thomas Cook alla richiesta di una guida avanzata da Jack London, che perciò si vide costretto ad avventurarvisi da solo mentre era impegnato a cercare materiale per un suo romanzo (*Il popolo dell'abisso*) in cui raffigurava il dramma della *working class* in cerca di riscatto. Nelle vie di Whitechapel, ad esempio, si sono sempre raccolte le prostitute, qui ha ucciso Jack lo squartatore, omicida vittoriano ancora senza nome i cui delitti offrono lo spunto per macabre passeggiate a tema proposte, pare con successo, ai turisti. Anche oggi l'industria del sesso sembra non conoscere crisi, in particolare nelle stradine laterali di Commercial Road o, piú verso nord, di quella Commercial Street che rappresenta la porta d'accesso verso Spitalfields, dove i negozi a luci rosse sono presenti in numero assai elevato. Mantiene poi le stesse caratteristiche multietniche di qualche decennio fa il grande Old Spitalfields Market, affacciato su Commercial Street, che esibisce una traccia assai visibile delle ondate migratorie insediatesi nell'East End: cibi e prodotti italiani e francesi sono messi in vendita accanto a quelli tipici di «Banglatown» o della antica tradizione ebraica e non mancano neppure bancarelle che offrono abiti, gioielli, mobili o tessuti usciti dai laboratori artigianali di tendenza di cui è ricca l'intera area.

C'è, infine, un aspetto meno noto che garantisce un solido legame tra l'East End di un tempo e la realtà di oggi: l'effervescenza della vita notturna. Ecco come ne racconta il passato Peter Ackroyd:

> Le condizioni di vita di Whitechapel, Bethnal Green e simili possono aver predisposto i loro residenti a piaceri poco raffinati: lo testimoniano le balere e i pub fortemente illuminati, con relative grossolanità e rozzezza. Ma è anche significativo che l'East End ospitasse piú music hall di ogni altra parte di Londra... Alla metà dell'Ottocento... piú o meno centocinquanta. È tipico che Charles Morton, universalmente... noto come «il padre del music hall» avendo aperto il *Canterbury* nel 1851, fosse nato a Bethnal Green. In un certo senso la parte orientale della città riaffermava semplicemente la propria identità. Del resto due dei primi teatri londinesi, il *Theatre* e il *Curtain*, erano stati costruiti nel Cinquecento sul terreno libero di Shoreditch; l'intera area fuori le mura diventò sede di svaghi popolari di ogni genere, dai ritrovi da tè agli incontri di lotta e ai combattimenti tra orsi.

Ormai fuori moda il music hall nella sua forma tradizionale, con le grandi produzioni in grado di sostenere investimenti

per milioni di sterline trasferitesi da molti anni nei teatri piú
capienti e moderni del West End, sono i piccoli locali a movi-
mentare le serate e le notti nell'East End e ad aprire la strada
alle nuove tendenze. Da The Blue Note, proprio a Shoreditch,
si udirono i primi brani della *New Asian Underground Music* destinata all'inizio degli anni Novanta a influenzare le canzoni di
alcune star celebri in tutto il mondo: Madonna dichiarò a piú
riprese il suo entusiasmo, mentre David Bowie si fece accom-
pagnare da Pathan, uno dei dj piú apprezzati del Blue Note, in
un lungo tour in Europa. L'avventura artistica e commerciale
del Blue Note si è chiusa dopo uno sfortunato trasloco nel quartiere di Islington, dimostrando cosí ancora una volta l'importanza strategica del legame tra un'attività e il territorio. Tuttavia il suo esempio è stato seguito da numerosi altri club inaugurati nella parte settentrionale di Spitalfields e Shoreditch,
dove ragazzi e ragazze di «Banglatown» vestiti con abiti solo
in parte rispondenti ai canoni tradizionali ballano insieme ai loro coetanei di pelle decisamente piú chiara. Ed è qui che si in-
ventano e impongono ritmi *fusion* spesso destinati a esercitare
una marcata influenza sulla vita notturna dell'intera capitale
per poi, magari, ottenere l'attenzione di un'industria della musica costantemente alla ricerca di nuovi modelli.

Che poi nell'East End, come vedremo, si siano insediate oltre cento gallerie d'arte, in cui si alternano mostre di nuovi talenti britannici con rassegne delle migliori proposte di giovani
esordienti a livello internazionale, garantisce la definitiva metamorfosi di quella parte di Londra che per oltre un paio di secoli agli occhi degli abitanti della città è stata esclusivamente
sinonimo di degrado e di sottosviluppo.

Verso sud.

Per molto tempo è stato quasi impossibile trovare un taxi
per Brixton. «Mi dispiace, ma è troppo pericoloso», replica-
va con tono che non ammetteva repliche qualunque tassista

7. Brixton.

londinese alla richiesta di una corsa, specie di sera o di notte, verso il quartiere dove vivono gran parte dei discendenti dei cinquecento caraibici che sbarcarono nel 1948 nel Regno Unito. Oggi le cose stanno cambiando e i tassisti accettano senza problemi passeggeri per Brixton. A lungo, tuttavia, parlare di Brixton significava discutere di violenza urbana, di spaccio e di consumo di droga, di un territorio ferito e ribelle, ostile e aggressivo verso chi non aveva la pelle nera. La metamorfosi inizia negli anni Cinquanta, quando il basso costo degli affitti fa scegliere le case oltre la sponda meridionale del Tamigi ai lavoratori che scendono dai bastimenti. In precedenza Brixton aveva conosciuto una fase di solido benessere borghese. Accadde all'epoca della regina Vittoria, sull'onda della spinta garantita dalla rivoluzione industriale. Sino all'inizio dell'Ottocento, infatti, era rimasta nuda campagna l'area nota come Brixistane, «la zona all'altezza della pietra di Brithsige» nelle mappe disegnate intorno al Mille, la brughiera nella quale si riunivano in assemblea gli abitanti di una porzione del distretto del Surrey. Chi ne progettò lo sviluppo voleva costruire una tranquilla zona residenziale, con parchi, giardini, strade ampie, edifici ariosi. Poi arrivarono gli insediamenti produttivi e nel 1888 venne inaugurato un moderno centro commerciale con gallerie di negozi sul modello parigino. Non mancava neppure un cinema: fu inaugurato nel 1911, si chiamava Ritzy, era il primo a sud del fiume, il secondo dell'intera capitale, ed è ancora in attività.

Gli abitanti del quartiere cominciano a cambiare con l'arrivo del nuovo secolo. La classe media preferisce spostarsi verso nord, gli spaziosi appartamenti dei grandi complessi residenziali borghesi vengono ristrutturati, moltiplicandosi in decine di piccoli alloggi per gli operai delle fabbriche, per gli esponenti del mondo dello spettacolo e per un piccolo nucleo di studenti dell'area caraibica. La crisi economica tra le due guerre impone la chiusura di gran parte delle attività produttive e allontana gli operai. Anche gli attori e i tecnici dei teatri del West End poco dopo se ne vanno, lasciando libere le case che i proprietari iniziano ad affittare ai giamaicani. Bisogna leggere *Un'isola di stranieri* di Andrea Levy, il romanzo che nel 2004 si è aggiudicato addirittura tre prestigiosi premi letterari (Whitbread, Orange e Commonwealth Prize), per capire le aspettative dei cinquecento che si mettono in viaggio verso il Regno Unito nel 1948 a bordo della *Empire Windrush*, e di chi seguirà il loro esempio. Perché nella storia di evidente impianto autobiografico proposta dalla scrittrice, nata a Londra nel 1956 da genitori caraibici, vengono riassunte le speranze e le cocenti delusioni di chi sceglie di dirigersi verso l'Europa. Spesso allevati nella certezza di appartenere a pieno titolo a una vasta e ospitale *Motherland* con il suo centro dalla parte opposta del globo, donne capaci di recitare a memoria i versi di Keats o uomini che si erano offerti volontari per combattere contro il nazismo si trovano a fare i conti al termine del conflitto con l'aggressiva ostilità di una metropoli fredda e inospitale, dove molti negozi espongono in vetrina un cartello che informa: «È vietato l'ingresso agli irlandesi, ai negri e ai cani».

Molti di loro finiscono a Brixton, in un quartiere danneggiato in maniera assai pesante dalle bombe tedesche, dove presto si accorgono che le speranze di integrazione sono un'utopia, un sogno senza alcuna speranza di realizzarsi. Spesso è sufficiente che escano in strada per suscitare terrore, come documenta il romanzo attraverso le parole di uno dei protagonisti:

> Un uomo che portava a spasso il cane veniva verso di me. Soltanto quando vidi il suo sguardo terrorizzato mi resi conto di quale spettacolo spaventoso gli offrivo: un tizio dalla pelle nera coperto di sangue rosso, che camminava con due scarpe sinistre. Ragazzi, giuro che il cagnolino, dopo avermi visto, saltò in braccio al padrone. Pensai di dirgli «Buonasera», ma ero certo che quel tizio si sarebbe messo a gridare se si fosse reso conto che ero vero. E chi avrebbe potuto biasimarlo? Io costituivo una macchia spaventevole nel verde ameno della sua bella patria, e se non fossi rincasato alla svelta avrebbe finito per chiamare un poliziotto. Certo, avevo un'aria indiscutibilmente sospetta. Di che reato? Non importa, di uno qualsiasi.

Resistere non è facile, ma non c'è altra scelta. Le navi, intanto, continuano a fare la spola con l'America centrale e con l'Asia, portando nel Regno Unito migliaia di sudditi di quello che un tempo era l'impero. Una minoranza sceglie di trasferirsi a Londra solo per studiare e poi fa ritorno in patria, gran parte di chi decide di lasciare la propria terra di origine trova lavori precari e malpagati nelle fabbriche o nell'area portuale e si insedia in maniera stabile in città. Il numero complessivo cresce rapidamente: sono centomila al censimento del 1951, quattro volte tanto dieci anni dopo. La soglia del milione viene superata pochi mesi piú tardi, non appena la classe politica inizia a discutere sulla necessità di limitare per legge gli ingressi dai Paesi che avevano aderito al *New Commonwealth*, l'organizzazione della quale fanno parte molte ex colonie. Proprio negli anni Sessanta cominciano a farsi evidenti i problemi di integrazione e di difficile dialogo tra le comunità, all'origine di periodiche e violentissime rivolte delle minoranze di colore a Brixton o Notting Hill. I governi, intanto, decidono di varare provvedimenti per ridurre gli sbarchi (accade nel 1962 con il *Com-*

monwealth Immigration Act, voluto dai conservatori) e per trasformare in reato ogni forma di discriminazione razziale, come
stabilisce nel 1965 il *Race Relations Act* portato ai Comuni dai
laburisti.

Se il flusso degli arrivi inizia a indebolirsi, il numero dei cittadini britannici non bianchi continua invece a crescere. In primo luogo per i ricongiungimenti familiari, e poi per i matrimoni misti e per la nascita dei figli delle coppie giunte a Londra
nell'immediato dopoguerra. È questo il contesto nel quale prende il via nel 1968 la campagna di segno razzista di Enoch
Powell, esponente di secondo piano della destra *tory* che ac-
quisisce un'immediata notorietà e ottiene ampio spazio sulle pagine dei quotidiani in virtú di un discorso nel quale afferma:
«Se guardo al futuro, mi sento invadere da sinistri presagi. E,
come quel famoso romano, dico che mi sembra di vedere il Te-
vere spumeggiare di sangue». La ricetta proposta ad alta voce
da Powell nei suoi comizi per impedire «pericolose e innatura-
li contaminazioni» è all'insegna di un populismo decisamente
razzista: «rimandiamoli a casa». Non è però chiaro dove possa
essere collocata quella «casa». Perché nel 1966 risultano nati a
Londra oltre settantamila bambini con genitori di origine caraibica e passaporto inglese, ai quali vanno aggiunti i componenti di altre comunità e i figli di coppie miste. Gli inglesi con
il trattino, dunque, costituiscono un gruppo ben visibile, che
non ha certo altra casa al di fuori della Gran Bretagna nella quale fare eventualmente ritorno.

Un saggio autobiografico di Hanif Kureishi, cinquantenne
sceneggiatore, regista e autore di romanzi di largo successo internazionale, offre un quadro del periodo e dei problemi che si
trovano di fronte i cittadini di sangue misto:

> Sono nato a Londra, da madre inglese e padre pakistano. Mio padre
> arrivò da Bombay nel 1947 per ricevere un'istruzione dal vecchio potere
> coloniale. Si sposò qui e non ritornò mai piú in India. Il resto della sua
> grande famiglia, i suoi fratelli, le loro mogli, le sue sorelle, si spostarono
> da Bombay a Karachi, nel Pakistan, dopo la spartizione. Molto spesso,
> nel corso della mia infanzia, incontravo i miei zii pakistani quando veni-
> vano a Londra per affari. Erano persone importanti e sicure, che mi por-

tavano in alberghi, ristoranti e a meeting internazionali, spesso in taxi. Io non avevo idea di come fosse l'India, né di come i miei numerosi zii, zie e cugini vivessero lí. Quando avevo nove o dieci anni, un maestro mi mise davanti delle fotografie di contadini indiani che vivevano in capanne di fango e disse a tutta la classe: Hanif viene dall'India. Io mi chiedevo: i miei zii vanno in giro sui cammelli? E come fanno con i loro completi eleganti? E davvero i miei cugini, cosí simili a me per tanti aspetti, si accovacciano nella sabbia come tanti piccoli Mowgli mezzi nudi? E davvero mangiano con le mani? A metà degli anni Sessanta i pakistani erano oggetto di scherno in Inghilterra, venivano derisi in tv, sfruttati dai politici e si sentivano fuori posto.

Se Kureishi nella ricostruzione della sua adolescenza sintetizza il percorso compiuto per soffocare l'istintivo (e comprensibile) desiderio di ricorrere alla violenza contro chi lo disprezza in maniera aperta per il colore della pelle, molti suoi coetanei appartenenti a una classe sociale piú bassa ritengono la battaglia dentro i ghetti nei quali sono rinchiusi l'unica via davvero percorribile. E proprio a Brixton scoppiano le prime rivolte che infiammano la Londra degli anni Settanta e Ottanta, combattute strada per strada contro una polizia che sembra composta soprattutto da seguaci di Enoch Powell. A fronteggiarne l'arroganza, stabilita con l'ufficialità di un rapporto governativo all'inizio degli anni Novanta, ci sono giovani senza alcuna prospettiva di futuro, pieni di rabbia per una disoccupazione che durante il governo Thatcher si mantiene in maniera stabile ben oltre l'ottanta per cento, in un'area dove il degrado urbano è il segno piú visibile di una condizione di vita davvero inaccettabile.

Anche se ci vorranno ancora molti anni per riqualificare il quartiere e, soprattutto, per indebolire la rete di complicità che protegge il traffico e il consumo di droga, Brixton è oggi irriconoscibile rispetto al suo drammatico passato. Lo conferma la testimonianza, proposta alla fine di aprile del 2005 sul settimanale «The Observer», della giornalista e regista cinematografica Miranda Sawyer, che vi si è trasferita quando ancora i tassisti rifiutavano di portarvi i clienti e ha assistito alla sua lenta rinascita:

Ad ascoltare i consiglieri comunali, i sovrintendenti della polizia e gli
agenti immobiliari Brixton è rampante. Chi vende case ne decanta la bel-
la architettura vittoriana, i bar sempre affollati, la scelta dei negozi, il
mercato famoso per cibi e spezie da tutto il mondo, le discoteche, i cinema. Anche se la linfa vitale e l'energia del quartiere scorrono nelle vene
della comunità multietnica, cui si affiancano un côté underground di at-
tivisti politici bianchi e una schiera di artisti e designer della moda arrivati da poco. All'estero, poi, Brixton è considerato un quartiere dove l'integrazione razziale ha avuto successo, come dimostrano le visite di
Muhammad Ali e di Nelson Mandela. Quando arrivò Mandela, nel 1996,
le strade erano gremite di folla. Gli ho scattato una foto mentre scende-
va dall'auto, davanti al *Recreation Centre*: una minuscola figura sorriden-
te in mezzo a centinaia di altri volti. I residenti invitano chi ne scrive a
parlare bene di Brixton. Sanno benissimo di avere dei problemi, ma sono orgogliosi lo stesso. Per loro è un posto dove tutti si conoscono, dina-
mico, ricco di futuro.

A differenza di quanto avvenuto in altre zone della città che
ospitarono nel dopoguerra l'avanguardia degli asiatici o degli
africani, a Brixton i figli e i nipoti di chi scese dalle navi al termine di un lungo viaggio sono rimasti. Impossibile, dunque, che
accada anche qui una trasformazione cosí profonda come quella conosciuta da Notting Hill: approdo degli immigrati negli anni Cinquanta, quartiere alla moda oggi abitato in larga percentuale
da bianchi ad alto reddito. Tuttavia sarà proprio da Brixton che
nei prossimi anni verranno i segnali piú attendibili per capire le
reali possibilità di successo degli interventi programmati nell'intera capitale a sostegno di una solida integrazione multirazziale. Gli ostacoli ancora da superare sono numerosi, le facciate
delle abitazioni mostrano spesso i segni del tempo e offrono piú
di una prova della dignitosa povertà di chi le possiede. Ma qualche passo in avanti è stato fatto. Un ottimismo, sia pure pru-
dente e moderato, è dunque possibile.

Dove abitano i londinesi col trattino.

La zona di residenza era, un tempo, un indizio sicuro per
comprendere l'origine degli immigrati che abitavano a Londra.

Le comunità mostravano, infatti, la tendenza a raggrupparsi in precise aree della capitale, amavano ricostruire il mondo dal quale provenivano. Anche se l'abitudine non è certo scomparsa, come dimostrano i casi appena ricordati dell'East End o di Brixton, la contaminazione e la dispersione sul territorio segnano in maniera più evidente rispetto al passato la contemporaneità della metropoli. Chi ha studiato il fenomeno sostiene che i motivi alla radice della diaspora degli asiatici, ad esempio, sono soprattutto di natura commerciale. Molti anglo-cinesi, anglo-indiani o anglo-pakistani negli ultimi anni hanno preso l'abitudine di stabilirsi quando possibile a poca distanza dal luogo dove sono riusciti ad aprire un negozio o un ristorante. La regola, naturalmente, non vale per i quartieri del centro a causa del costo astronomico delle case. Ma spiega per quali motivi, a dispetto di una presenza pur rilevante sotto il profilo numerico, non abbia preso forma una vera e propria Chinatown: quella visibile a Soho, proprio nel cuore del West End, alle spalle di Piccadilly Circus e di Leicester Square, dove nell'immediato dopoguerra vennero inaugurati i primi ristoranti e ora le cabine telefoniche sono coperte da tetti a forma di pagoda, è mantenuta in vita a esclusivo beneficio dei turisti. E anche perché non ci sia quasi traccia di una Indiatown se si fa eccezione per una parte della zona di Upton Park, all'estrema periferia orientale.

Immigrati di origine indiana o pakistana gestiscono soprattutto piccolissime imprese familiari, ristoranti o minuscoli supermercati aperti sino a tarda sera nei quali si vendono anche quotidiani e sigarette, mentre i cinesi prediligono la cucina. Si tratta di settori in cui, sia pure con sfumature diverse, hanno ormai conquistato il monopolio in virtù di una flessibilità negli orari di lavoro ritenuta indigesta dai britannici di pelle bianca. La scelta dell'abitazione, dunque, spesso accompagna l'insediamento commerciale: cinesi, indiani e pakistani, confermano i sociologi, cercano quasi sempre di vivere vicino a dove lavorano. È questa la ragione per cui sulla mappa etnica della capitale li si può trovare sparsi un po' ovunque, senza un radicamento territoriale stabile. Per seguire la traccia della loro in-

cessante migrazione dentro i mobili confini della metropoli oc-
correrebbe un'indagine approfondita (mai realizzata) sul mercato, che pare frenetico, della gestione dei ristoranti, in particolare di quelli a basso costo, e dei supermercati con un orario
di apertura piú lungo rispetto alle normali catene commerciali,
presenti ormai in ogni quartiere.

La contaminazione, del resto, rappresenta la caratteristica
piú evidente e visibile della Londra contemporanea. Per osser-
varne gli effetti è sufficiente salire a bordo di uno degli autobus che partono dal centro in direzione di una qualsiasi area pe-
riferica facendo ben attenzione alle insegne dei negozi. Ecco,
in proposito, la testimonianza dello storico Timothy Garton
Ash, contenuta nel suo saggio *Free World*, analizza le ripercussioni della caduta del mito britannico dell'insularità:

> Se prendete l'autobus rosso a due piani numero 74 a Baker Street, fi-
> nirete per attraversare il Tamigi all'altezza di Putney... arrivati nella via
> principale di Putney vedrete ristoranti etnici di ogni tipo, mescolati a vec-
> chie, solide, conoscenze inglesi: l'agenzia di viaggi Thomas Cook, il Bri-
> tish Home Stores, la Abbey National Bank. A metà della strada c'è un
> pub vittoriano chiamato Ye Old Spotted Horse, ma all'interno le lava-
> gne che sovrastano il bancone offrono i vini del giorno: Merlot (Cile), Pi-
> not nero (Nuova Zelanda), Roja (Spagna), Shiraz Cabernet (Australia).
> Il menú affianca a piatti tradizionali altri di chiara origine asiatica oltre
> a «linguine al prosciutto in salsa di caprino» e «bombe gelate alla *crème
> de menthe*»... Dappertutto si trovano quelli che un locale agente immo-
> biliare definisce sdegnosamente «gli antipodi». Sono «migliaia», procla-
> ma con un misto di disgusto personale e gioia professionale. Il quartiere
> è oggi un piccolo Sudafrica, ma non mancano certo cittadini originari
> dell'Asia e degli altri paesi del Commonwealth. Putney, del resto, ospita
> un centro sikh, un'associazione delle famiglie africane e in Gressenhall
> Road il quartier generale mondiale degli Ahmadi, una setta musulmana
> dissidente originaria del Punjab che conta milioni di seguaci in circa set-
> tanta paesi... Qui a Putney, come in gran parte dei quartieri della capi-
> tale, si intravedono con estrema chiarezza le numerose facce di Londra e
> dell'intera Gran Bretagna all'inizio del ventunesimo secolo.

L'effetto forse piú sorprendente per il visitatore straniero si
manifesta nell'ambito della ristorazione a basso costo e di modesta qualità. Molte pizzerie dal nome italiano sono in mani

orientali (in questo ambito pare che la supremazia spetti ai co-
reani) e non è certo difficile trovare dietro il bancone dei pub
inservienti di origine asiatica. Dallo stesso continente, poi, proviene buona parte del personale impiegato dalle grandi catene:
McDonald's, in primo luogo, ma anche Pret A Manger, Starbucks, Eat e altri marchi diffusisi con grande rapidità, che hanno scacciato da molte strade il gigante americano degli ham-
burger e delle patatine fritte. Del resto gran parte dell'intero
settore della cucina, almeno a Londra, è gestito da immigrati:
nella capitale, documenta Robert Winder nel suo *Bloody Fo-
reigners. The Story of Immigration to Britain*, ci sono migliaia di
ristoranti cinesi o indiani (nel 1957 erano non piú di cinquanta in tutto il Regno Unito) e altre centinaia che propongono,
quasi sempre per poche sterline, piatti garantiti come «tipici»
di una gastronomia asiatica declinata in ogni sua variante nazionale.

Nonostante il processo di dispersione sul territorio abbia in-
debolito gli insediamenti tradizionali delle comunità di origine
straniera, è ancora possibile trovare in aree precise della capitale tracce molto evidenti della zona di provenienza di chi la
abita, in modo particolare nei casi dei gruppi di recente immi-
grazione. La storia della Londra turca, ad esempio, può essere
ricostruita seguendo il percorso dell'autobus numero 29 che parte dalla centralissima Trafalgar Square, sale verso nord attra-
versando Camden, dove i primi emigranti provenienti dalla porzione turca dell'isola di Cipro si insediarono all'inizio degli anni Cinquanta quando il quartiere era pieno di artisti e di
stranieri (ora Camden si sta trasformando in zona residenziale
e il valore medio delle case ristrutturate ha già oltrepassato le
quattrocentomila sterline), supera Stoke Newington e quindi
approda a Green Lanes, una delle arterie piú lunghe dell'intera Londra, nel cuore di Harringay. È un viaggio che può essere compiuto solo in autobus perché non esiste una stazione della metropolitana a Harringay. A Green Lanes vivono almeno
quarantamila dei circa duecentomila cittadini di origine turca
residenti a Londra, tutti i negozi esibiscono insegne turche e il

segmento di strada denominato Grand Parade è stato letteralmente riportato in vita dai nuovi residenti dopo un lungo periodo di degrado. Nei saggi e negli articoli dedicati alla Londra multietnica si parla molto spesso di Harringay e di Grand Parade, citati come virtuoso esempio di pacifica convivenza tra le comunità turcocipriota e grecocipriota, capaci di dimenticare i contrasti che li dividono a Cipro e di stabilire rapporti di buon vicinato.

Bastano invece pochi minuti di metropolitana dal centro per raggiungere la sponda meridionale del Tamigi e approdare a Southwark. Qui, nella zona in epoca medievale e rinascimentale piena di locande e di taverne ricordata da Geoffrey Chaucer in alcune pagine dei suoi *Racconti di Canterbury*, si è insediata una parte considerevole degli anglo-africani, originari soprattutto della Nigeria. Non si incontrano turisti in questa parte della capitale che pure è a breve distanza dai simboli della *Cool Britannia* contemporanea: la Tate Modern, il Globe ricostruito e la City Hall, nuova sede della municipalità voluta dal sindaco Ken Livingstone e firmata da Norman Foster, l'architetto che ha progettato il Millennium Bridge sul Tamigi e molti dei grattacieli che segnano lo *skyline* della City. Perché a Southwark e nell'adiacente Peckham c'è poco da vedere: in pratica solo i segni di un'emarginazione sociale e di una povertà che ne fanno una delle peggiori aree depresse dell'intera Londra, dove almeno per ora nessun progetto di riqualificazione ha prodotto risultati accettabili.

Si trova invece a nord-ovest il quartiere piú multietnico. È quello di Wembley, noto agli appassionati di calcio per l'omonimo (e storico) stadio che ospita le partite della nazionale inglese, demolito nel 2003 dopo mille polemiche per far posto a un nuovo impianto. A Wembley, ha rivelato una inchiesta della Bbc mandata in onda nell'autunno del 2005, oltre la metà dei residenti è infatti nata al di fuori dei confini del Regno Unito. Si tratta della percentuale piú alta dell'intero Paese e molti di loro hanno acquisito solo di recente la cittadinanza britannica. Come spesso accade a Londra, le ragioni che hanno spinto a stabilirsi nello stesso posto tante persone di origine diversa non sono affatto chiare ed è assai probabile che la particolare caratteristica di Wembley sia assolutamente casuale. Il risultato è una perfetta sintesi della Londra multietnica e multicolore di oggi. Passeggiando lungo Wembley High Street è infatti possibile trovare luoghi di culto frequentati da musulmani, battisti, metodisti e cattolici, oppure entrare in negozi i cui proprietari hanno apparentemente ben poco in comune con l'attività che si trovano a gestire: un ristorante cinese è diretto da un nigeriano, un indiano vende dolci e altre specialità polacche, l'impresa di pompe funebri che offre «funerali asiatici» è di un somalo, un biondo inglese nato a Wolverhampton si occupa della libreria islamica.

A dispetto del processo di dispersione sul territorio degli immigrati, una disponibilità finanziaria elevata ha avuto un'importanza fondamentale per alcuni gruppi. Chi, a partire dalla metà degli anni Settanta, è arrivato dal Medio Oriente o dall'area del Golfo ha deciso di andare a vivere in zone molto centrali, privilegiando i quartieri che confinano a nord o a sud con Hyde Park. Se per trovare un'ottima replica, sia pure in versione britannica, di una via elegante di una metropoli araba bisogna recarsi a Edgware Road (la lunga arteria che inizia poco dopo Marble Arch e sale verso nord in direzione di Paddington, dove i negozi hanno insegne bilingui) le abitazioni dei sudditi di Elisabetta dotati di un robusto conto in banca si trovano prevalentemente a Kensington, Chelsea, Belgravia, Mayfair, Notting Hill, Paddington o Marylebone. Assicura Andrew Humphreys, autore di un capitolo incluso nel secondo volume della raccolta di saggi riuniti con il titolo di *London Walks*, che sulla scelta, oltre all'ovvio prestigio delle zone, ha inciso la breve distanza dai grandi *department stores* del West End o da quel tempio dello *shopping* del lusso che è Harrods di cui gli anglo-arabi sono ottimi clienti. Di recente, poi, a far loro compagnia sono arrivati i magnati russi del petrolio e della finanza, il cui esponente piú noto è Roman Abramovich, proprietario della squadra di calcio del Chelsea e ormai stabilmente ai primi po-

sti nella graduatoria dei mille britannici con la maggior solidità
patrimoniale che il «Sunday Times» pubblica ogni primavera.
E gli anglo-italiani? Sono pochi e, soprattutto, dispersi in
piccoli nuclei nell'intera città. Il censimento del 2001 ne registra circa quarantamila, cui vanno sommati i discendenti di chi
arrivò nell'Ottocento e nella prima parte del Novecento. Un
tempo erano due le zone in cui si insediavano, entrambe centrali: Soho e Clerkenwell, alle spalle delle eleganti palazzine di
Bloomsbury. Ancora oggi, nonostante il numero dei fedeli di-
minuisca con regolarità, ogni estate per le strade di Clerkenwell
sfila una processione le cui origini risalgono al 1893. Non c'è
poi quasi piú traccia delle edicole e dei negozi di alimentari che
sino alla metà degli anni Ottanta occupavano, a Soho, gran parte di Old Compton Street. Inutile, dunque, cercare una *Little
Italy* a Londra. Del resto sono passate di mano anche le proprietà di pizzerie e ristoranti a basso costo, mentre nell'ambito
della cucina di alto livello l'italianità degli chef continua a costituire una garanzia. È piú agevole trovare gli anglo-italiani nelle banche d'affari della City. Ma si tratta di uomini e donne simili in tutto e per tutto ai loro colleghi britannici, decisamente molto diversi dagli abitanti di quella pittoresca *Little Italy*
che ha resistito a lungo a Soho ed è stata poi smantellata, sia
pure con qualche rimpianto, non appena i proprietari dei locali hanno deciso di chiudere i battenti.

I rischi degli stereotipi.

Ci sono due modi, entrambi sbagliati, per rispondere alle
domande poste dalla presenza a Londra e, sia pure in numero
percentualmente inferiore, in altre zone dell'intera Gran Bretagna di cittadini nati all'estero o figli di matrimoni misti. Il
primo consiste in una sostanziale banalizzazione dei problemi
manifestatisi, in misura piú o meno accentuata, negli ultimi decenni, ricorrendo allo stesso ottimismo dal sapore zuccheroso
che ha segnato molti film premiati da un largo successo non so-

lo nel Regno Unito. Il secondo è invece costituito da una dram-
matizzazione eccessiva delle difficoltà nel determinare le regole di una pacifica convivenza, sottolineando con toni spesso apocalittici il pericolo rappresentato da un'eccessiva tolleranza. I
processi di integrazione non hanno sempre seguito le dinamiche narrate con il tono allegro tipico della commedia brillante
in *Sognando Beckham*, storia di una ragazza sikh che si libera
del duplice peso del genere e dell'etnia grazie al calcio. E neppure quelle raccontate in *East is East*, resoconto dell'emancipa-
zione dalle tradizionali regole di vita pakistane dei figli di una
coppia mista. Tuttavia è altrettanto fuorviante ritenere gran
parte dei circa seicentomila musulmani residenti a Londra abitanti ostili e pieni di rancore della città, in sostanza naturali so-
stenitori del fondamentalismo islamico.

Utili suggerimenti per mettere meglio a fuoco un tema cosí
delicato e controverso sono contenuti in un breve saggio di
Anthony Giddens. Il sociologo a lungo alla guida della London
School of Economics oltre che principale teorico di quella «Ter-
za Via» alla radice della svolta riformista del New Labour scrive a pochi giorni di distanza dagli attentati terroristici che hanno colpito Londra il 7 luglio 2005:

> Londra ha ottenuto l'assegnazione delle Olimpiadi del 2012 grazie
> alla sua capacità di proporsi come «città globale». La natura cosmopoli-
> tica della Londra odierna è una delle sue principali caratteristiche e, ap-
> parentemente, quella che ha persuaso il Comitato Olimpico Internazio-
> nale a preferirla a Parigi. Londra è stata presentata da chi ne ha sostenu-
> to la candidatura come una città giovane (il 20 per cento della popolazione
> ha meno di 25 anni), dinamica, aperta a tutto il mondo, che riesce ad ab-
> bracciare la globalizzazione invece di tenersene al riparo. La sera del 6 lu-
> glio, quando è stata resa nota la scelta del Cio, una grande folla multiet-
> nica si è riunita a Trafalgar Square, nel centro cittadino, per festeggiare
> il successo della candidatura… Il 14 luglio Trafalgar Square si è di nuo-
> vo riempita di folla, che si è data appuntamento per dimostrare di non
> aver paura di fronte al terrorismo. La natura multiculturale di Londra era,
> ancora una volta, quanto mai evidente: hanno preso la parola, letto poe-
> sie e preghiere, non soltanto uomini politici ma anche i leader religiosi
> sikh, ebrei, musulmani, cristiani e hindu.

L'idea di Londra «città globale» non è frutto di un'abile e spregiudicata operazione di marketing volta a convincere i componenti del Cio, ma un concetto che sintetizza in maniera efficace la contemporaneità della capitale britannica. Nello stesso tempo non appaiono del tutto infondati i timori degli studiosi che da anni segnalano i rischi rappresentati da un'eccessiva tolleranza nei confronti di alcuni predicatori d'odio di fede islamica. Che dopo aver ottenuto asilo politico nel Regno Unito si sono adoperati per edificare il «Londonistan», come viene indicato con un neologismo quell'universo sconosciuto ai piú prima delle bombe di luglio in cui si progettava una sanguinaria guerra santa contro l'intero Occidente, che aveva il suo centro nella moschea di Finsbury Park, a pochi passi dallo stadio del Chelsea.

Se i militanti del «Londonistan» rappresentano una minoranza assai esigua in termini numerici ma non per questo meno pericolosa, il merito va egualmente diviso tra i leader religiosi delle comunità islamiche attivi nella capitale e le scelte politiche fatte dai governi in carica negli anni Novanta, dopo l'incendio divampato nel febbraio 1989 a seguito della *fatwa* decretata dall'ayatollah Khomeini contro Salman Rushdie, ritenuto colpevole di offese alla religione con il suo romanzo *Versi satanici*. Durante il difficile inverno del 1989 centinaia di anglo-musulmani affollavano le strade per esprimere solidarietà a Khomeini, bruciare foto di Rushdie o copie del volume, attaccare le librerie dove era in vendita. Subito apparve chiaro a molti che l'intero progetto multiculturale rischiava di finire in frantumi se non si fosse corsi ai ripari. E non solo con misure di carattere repressivo, che pure vennero adottate in quella circostanza e si mostrarono utili per spegnere le fiamme della rivolta. Ma anche mettendo a punto progetti di piú largo respiro, volti a ridefinire (e a difendere, quando necessario) un'idea di comunità diversa rispetto al passato, capace di tener conto del carattere ormai compiutamente cosmopolita dell'intera Gran Bretagna e, soprattutto, della sua capitale, meta privilegiata di continui flussi migratori indispensabili per garantire la solidità della crescita economica.

Occorre ancora una volta chiamare in causa lo scrittore Hanif Kureishi per mettere a fuoco le difficoltà che gli immigrati e i loro figli si trovavano a sperimentare nel riconoscersi davvero cittadini uguali agli altri:

> Quando ero un adolescente, a metà degli anni Sessanta, si parlava molto dei «problemi» che i ragazzi del mio colore e della mia generazione affrontavano in Gran Bretagna a causa del fatto che i nostri genitori erano immigrati. Noi non sapevamo a cosa appartenevamo, si diceva. Non eravamo né carne né pesce. Ci si riferiva a noi come alla «seconda generazione di immigrati» proprio perché non ci fosse nessun equivoco. L'espressione «a cavallo di due culture» era una delle piú usate. Ma per me e per gli altri della mia generazione nati qui la Gran Bretagna era il posto a cui sentivamo di appartenere, anche quando ci veniva detto, spesso in termini di insulto razzista, che non era cosí. Le nostre vite, piú che incarnare uno scontro tra culture, sembravano sintetizzare elementi disparati: il pub, la moschea, due o tre lingue, rock and roll, film indiani.

Fondere insieme gli elementi di cui parla Kureishi in una rinnovata idea della *britishness* nella quale possano riconoscersi i vecchi e i nuovi sudditi di Elisabetta ha rappresentato e continua a rappresentare un progetto prioritario per il Regno Unito contemporaneo, e il carattere globale di Londra richiamato da Giddens ne costituisce la vetrina piú visibile al di fuori dei confini nazionali. Il cammino non si è però concluso, il traguardo è ancora molto lontano: preoccupanti forme di razzismo continuano a manifestarsi, non tutti gli immigrati (in particolare quelli che si affollano nelle periferie e forniscono manodopera a basso costo al sistema dei servizi meno qualificati) mostrano una propensione favorevole nei confronti della proposta. Il «Londonistan», insomma, esiste davvero e rappresenta un pericolo che non va sottovalutato. Ma è fuorviante utilizzarlo come chiave di lettura per interpretare il composito e variegato universo di fede musulmana di Londra. Città globale significa soprattutto città complessa. Gli stereotipi e i luoghi comuni non sono utili per riassumerne il presente e tentare di comprendere verso quale forma di futuro sia incamminata.

Protagonisti della nuova letteratura.

I narratori trasferitisi in giovanissima età nel Regno Unito
dall'area del Commonwealth oppure nati sul suolo britannico
da matrimoni misti hanno offerto un contributo fondamentale
per innovare il canone della letteratura durante la porzione conclusiva del Novecento, liberandolo dalle ragnatele di un reali-
smo polveroso e ormai decisamente provinciale. Nei loro libri
offrono soprattutto il resoconto di processi di inserimento spesso difficili e dolorosi in una Londra nella maggior parte dei
casi ostile se non, addirittura, decisamente aggressiva nei
confronti dei suoi abitanti con un colore della pelle diverso
dal bianco. Un'esperienza di cui comincia a parlare Vidiadhar
Surajprasad Naipaul (premio Nobel nel 2001, nato a Trinidad
nel 1932 da una famiglia indiana arrivata nei Caraibi alla fine
del XIX secolo), in Inghilterra dagli anni Cinquanta e dunque testimone diretto della reazione non troppo benevola che suscitò
nel dopoguerra l'inizio del flusso di immigrati. Sotto il profilo
cronologico Naipaul va ritenuto il fondatore del romanzo contemporaneo inglese di segno multietnico e nelle sue opere, quasi sempre all'insegna di elementi autobiografici, analizza e riassume la frustrante ricerca di una nuova madrepatria alla quale
ancorarsi.

Il cammino intellettuale e umano di Naipaul sembra avere
molti tratti in comune con quello di Willie Chandran, il giovane originario del subcontinente indiano protagonista di *La metà
di una vita* che, come lui, sbarca proprio negli anni Cinquanta,
con il cuore pieno di ottimismo e di speranze, nella capitale di
un impero ormai in disfacimento e si trova a dover fare i conti
con una realtà decisamente diversa da quella sognata:

> Sapeva che Londra era una grande città. Si era immaginato una gran-
> de città come un paese incantato, fulgido e sfavillante, ma quando arrivò
> a Londra e cominciò a passeggiare per le strade si sentí deluso. Non co-
> nosceva ciò che gli stava intorno. Gli opuscoli e i pieghevoli che prende-
> va o comprava nelle stazioni della metropolitana non gli erano di aiuto;

in essi si presupponeva che le attrattive del luogo di cui si parlava fossero comprensibili a tutti mentre Willie conosceva poco di Londra oltre al
nome. Era disancorato, senza nessuna idea per affrontare quel mondo.
Nel vedere Buckingham Palace pensò che i re e le regine fossero degli im-
postori e il paese una sorta di imbroglio, e continuava a sperimentare la
sensazione che ormai tutto fosse finito. Poi dovette imparare daccapo ciò
che già sapeva. Dovette imparare come si mangia in pubblico. Dovette
imparare come si saluta la gente e come, avendola già salutata, non risa-
lutarla di nuovo in un luogo pubblico dieci minuti o un quarto d'ora dopo. Dovette imparare a chiudere le porte dietro di sé. Dovette imparare
a chiedere senza essere perentorio.

Quello che maggiormente sconcerta Willie (e Naipaul con
lui) è il senso di superiorità ancora ostentato dagli inglesi, l'intima certezza esibita in ogni circostanza di appartenere a un
mondo che dovrebbe affidarsi alla loro naturale saggezza per
continuare sul cammino intrapreso verso il progresso. Willie,
tuttavia, non tarda ad accorgersi che questo ottimismo sul ruolo della Gran Bretagna poggia su una base assai fragile, sul no-
stalgico ricordo di un passato glorioso di cui non c'è più traccia
nel presente: la metropoli in cui si trova a vivere è povera e triste, assiste impotente ai conflitti razziali che esplodono con regolarità nelle aree periferiche. L'impressione di inarrestabile decadenza che sperimenta Willie è la stessa che segna gran parte
dell'opera di Naipaul, sintetizzata in maniera esemplare anche
in *L'enigma dell'arrivo*, un romanzo che riprende nel titolo un
celebre quadro di Giorgio De Chirico e che ha al centro il tema del disorientamento degli individui privi di radici a causa
della mancanza di una patria nella quale riconoscersi dopo aver
provato con dolore sulla propria pelle la diffusa ostilità degli inglesi verso gli immigrati.

Anche in questo caso l'approdo a Londra da una terra lontana è fonte di una delusione cocente. La distanza tra la città
in perpetuo movimento, allegra e vivace, conosciuta e amata
attraverso i grandi narratori dell'Ottocento e della prima parte del Novecento, e quella in cui arriva da Trinidad il protagonista è enorme e la sorpresa apre ferite che non si rimargi-
neranno:

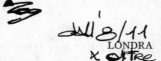

I miei vagabondaggi per Londra erano ciechi e senza gioia. M'ero aspettato che la grande città mi balzasse addosso e mi prendesse; avevo tanto desiderato di averla intorno a me. E presto, nel giro di una settimana o anche meno, mi ritrovai molto solo... Ero venuto a Londra come si va in un luogo che si conosce molto bene. Trovai invece una città che mi era estranea e sconosciuta,... che non era ancora riuscita a riparare i guasti causati dalla guerra. Due numeri piú in giú della mia pensione di Earls Court c'era una casa bombardata, uno spazio vuoto nella via, con un cumulo di macerie là dove c'era un tempo il seminterrato, la sala da pranzo di una casa uguale a quella in cui stavo io adesso. La città era piena di rovine analoghe. Le vedevo solo in principio; poi vi feci piú caso. Paternoster Road, a lato della cattedrale di St Paul, non esisteva praticamente piú; ma il nome della via compariva ancora sul frontespizio dei libri, come recapito di molti editori.

Lo sconforto non diminuisce neppure quando l'anonima voce narrante (dietro la quale si nasconde lo stesso Naipaul) decide di abbandonare la cerchia urbana e si trasferisce in una casa in campagna costruita in epoca edoardiana, con la speranza di trovarvi traccia di una solidità nel quotidiano assente altrove. È una scelta che non porta ad alcun risultato perché neppure lontano da Londra può ignorare le tracce sempre piú evidenti del triste declino dell'Inghilterra e dell'atteggiamento aggressivo che segna i rapporti con gli uomini e le donne di colore. Naipaul ne trae una lezione segnata da un cupo pessimismo: «Vedevo il tamburo della creazione nella mano destra di Dio e la fiamma della distruzione nella sinistra», osserva. Per arrivare quindi a concludere che «il mondo ha ormai superato il suo momento migliore» e che l'impossibile concordia tra le etnie costituisce l'indiscutibile prova della fine di ogni idea condivisa di civiltà. Le dolorose esperienze personali vissute durante gli anni Cinquanta e Sessanta caratterizzano dunque con grande evidenza il lavoro di V. S. Naipaul e vengono poste al centro della parte della sua opera ambientata in Gran Bretagna. Trasformandolo nel miglior portavoce della prima generazione di immigrati e aprendo la strada a un nuovo modello di narrativa capace di mostrare con un'immediatezza in precedenza sconosciuta le dinamiche culturali, sociali e politiche messe in moto dai flussi migratori.

A raccogliere il testimone della ricerca inaugurata dai libri di Naipaul, depurandola da ogni elemento intimista, è stato in seguito Salman Rushdie, nato a Bombay nel 1947 («appena in tempo per far scappare gli inglesi», ha ripetuto scherzosamente piú volte), nel Regno Unito dall'inizio degli anni Sessanta. L'importanza dell'indagine di Rushdie è duplice: in primo luogo perché a partire da *I figli della mezzanotte* (apparso nel 1981) mette a punto una innovativa forma letteraria ibrida, in perfetto equilibrio fra la tradizione orale di matrice asiatica e quella realista di stampo occidentale. E poi perché proprio il tema della migrazione viene saldamente collocato al centro di ogni testo e ritenuto l'unico in grado di dar conto degli squilibri e delle tensioni di una contemporaneità in cui gli uomini attraversano senza sosta i confini e le identità si rimescolano. È lui stesso a chiarire il motivo di questa scelta durante un dibattito radiofonico del 1985 con Günter Grass:

> Se si prendono in esame le parole «metafora» e «traduzione», si scopre che hanno lo stesso significato. In latino «traduzione» significa «atto del trasportare», in greco «metafora» indica «l'atto del trasportare». E cosí si torna alla mia ossessione per l'importanza dell'idea di emigrazione. Vede, anche le persone vengono trasportate fisicamente da un posto all'altro e cosí a un certo punto della mia vita mi accorsi che in un certo senso l'emigrazione finiva per trasformare le persone in cose: gli individui vengono «tradotti», assumono la connotazione di metafore, e per questo il loro modo di guardare la realtà è piú ricco di immaginazione. Per quanto ambiguo e mutevole sia questo campo, esso costituisce un territorio fertile per uno scrittore. Se, infatti, la letteratura consiste, almeno in parte, nella ricerca di nuove angolature dalle quali penetrare nella realtà, allora la nostra storia personale e la nostra lunga prospettiva geografica sono in grado di offrirci tali angolature.

Mentre Naipaul riempie i suoi libri di venature metafisiche sul dramma che sono costretti a sperimentare gli artisti senza radici, Rushdie preferisce invece condurre a Londra una battaglia di natura esplicitamente politica per aprire la strada a un'idea di *britishness* profondamente diversa rispetto al passato e, soprattutto, capace di tener conto dell'apporto dei cittadini sbarcati a partire dal dopoguerra, che vanno ritenuti inglesi a pieno titolo al pari dei bianchi. Memorabili, in proposito, sono gli scontri degli anni Ottanta con l'esecutivo conservatore di <u>Margaret Thatcher</u> (definita senza mezzi termini «<u>Maggie la carogna</u>») a causa della scelta del premier di introdurre nuove norme sui permessi di soggiorno giudicate razziste. Rushdie, dal canto suo, è persuaso che gli immigrati costituiscano una ricchezza per la Gran Bretagna e che la loro presenza possa non solo offrire un apporto all'esangue sistema economico, ma soprattutto garantisca linfa fresca a una cultura ingrigita dalla nostalgia e dal culto del passato.

Sotto questo profilo Salman Rushdie appare l'ispiratore e il protagonista della svolta in senso multietnico che si è poi manifestata con tutto il suo dirompente e rivoluzionario rilievo nel corso degli anni Novanta: è l'intellettuale capace di guadagnare autorevolezza e larghissima fama internazionale in virtú dei suoi romanzi e nello stesso tempo di porre la forza della sua immagine pubblica al servizio di una battaglia di civiltà in nome di chi non ha voce, delle centinaia di migliaia di persone originarie dell'Asia, dell'Africa o dei Caraibi ammassate nelle periferie di una capitale che definisce «Babylondon», ovvero «la nuova Babilonia», discriminate per il colore della loro pelle. È una lotta condotta sempre all'attacco, attribuendo in parti eguali la responsabilità dei pregiudizi ai partiti di destra e di sinistra:

> Voi parlate del problema razziale, del problema dell'immigrazione, di ogni tipo di problemi. Se siete progressisti, dite che i neri hanno dei problemi; se non lo siete, dite che essi stessi sono il problema. Ma in questo paese esiste un unico problema effettivo, quello rappresentato dai bianchi. Il razzismo britannico, naturalmente, non è un problema nostro. È vostro. Noi semplicemente siamo costretti a subire le conseguenze del vostro problema. E finché voi bianchi non vi renderete conto che il problema non è l'integrazione, né l'armonia razziale e neppure l'immigrazione, ma soltanto il dovere di affrontare e spazzar via i pregiudizi radicati in quasi ognuno di voi, i cittadini arrivati da quello che un tempo era il vostro Impero saranno obbligati a lottare contro di voi. Vorrei ricordarvi che quando Mahatma Gandhi venne in Inghilterra e gli fu chiesto cosa pensasse della civiltà inglese, replicò: «Penso sarebbe una buona idea».

Quando, nel 1989, la fatwa lanciata da Teheran dall'ayatollah Khomeini dopo l'uscita del romanzo *I versi satanici* obbliga Salman Rushdie alla clandestinità e lo costringe a un lungo silenzio, i temi da lui posti al centro del dibattito vengono ripresi e approfonditi da una nuova generazione di scrittori, spesso nati a Londra da matrimoni misti. È alla narrativa e ai saggi di Hanif Kureishi, di Zadie Smith, di Andrea Levy e di Monica Ali, le figure piú importanti e rappresentative emerse nella parte conclusiva del Novecento e all'inizio del XXI secolo, che occorre guardare per trovare un attendibile resoconto delle aperture verso gli immigrati che hanno avuto luogo nella metropoli multietnica. La letteratura ha offerto (e continua ancora oggi a offrire) un contributo di fondamentale rilievo al dibattito in corso sulla definizione di una idea rinnovata di *britishness* che tenga conto in egual misura degli elementi positivi del passato e del contributo offerto da chi proviene da altre aree del pianeta. «È stato Čechov a insegnarci che per scoprire i segreti dei processi storici è indispensabile tener fisso lo sguardo sulle mutevoli forme del quotidiano», teorizza Hanif Kureishi. Proprio questa capacità di raccontare, con infinita pazienza e straordinaria sicurezza analitica, le aperture al dialogo tra le etnie, gli improvvisi irrigidimenti e i sogni di un futuro diverso, costituisce oggi la forza della narrativa inglese contemporanea e le permette di proporre una sintesi di quanto sta accadendo, in particolare a Londra, con una brillantezza sul piano artistico alla quale si somma un'ottima capacità di lettura dei processi in atto.

Eguali diritti e doveri.

Aveva probabilmente ragione George Orwell quando sosteneva che la Gran Bretagna «assomiglia a uno strano animale che si allunga dal passato al futuro, dotato del potere di cambiare rimanendo se stesso». Si tratta di una caratteristica evidente a chi osserva le trasformazioni urbanistiche e sociali avvenute a

Londra in questi cinquant'anni. La capacità di mantenere in vita gli elementi caratterizzanti di una città nella quale ogni viaggiatore trovava riassunto il mondo si è sempre intrecciata con una spontanea preveggenza nell'elaborare forme originali di futuro. A questa regola non si sono sottratti neppure i processi che hanno caratterizzato la forza dei flussi migratori e le scelte politiche per governarli. Chi vuole ripercorrere la storia del secondo Novecento, a partire da quel 22 giugno 1948 quando dall'*Empire Windrush* scesero a terra cinquecento caraibici, troverà che la capitale britannica ha conosciuto dinamiche di integrazione e rifiuto, di ribellione violenta e di pacifica convivenza (magari all'insegna dell'indifferenza piuttosto che del dialogo) prima di altre metropoli europee.

Con il trenta per cento degli abitanti appartenenti alle decine di comunità presenti sul suo territorio e un'analoga percentuale di residenti con un colore della pelle diverso dal bianco, la Londra contemporanea rappresenta la sintesi piú completa del mondo in una città, almeno per quanto riguarda il vecchio continente. Non è, certo, un'isola felice, un'oasi di pace. Ma, nello stesso tempo, non è nemmeno una pericolosa polveriera sul punto di esplodere: i *riots* che tra la fine degli anni Cinquanta e l'inizio degli anni Ottanta incendiarono Notting Hill, Camden o Brixton non sembrano destinati a ripetersi. L'impetuosa crescita economica che ha preso avvio da un decennio garantisce, almeno per ora, la solidità di un sistema produttivo compiutamente postindustriale, nel quale la manodopera fornita dagli immigrati rappresenta un elemento decisivo. La bassa conflittualità sociale di Londra, dunque, per il momento è assicurata dalla disponibilità di posti di lavoro, sia pure spesso precari e retribuiti con un salario minimo di poco superiore alle cinque sterline all'ora. Le sacche di povertà non sono comunque state eliminate e spesso, come dimostrano i casi di Southwark, di Brixton e di una parte dell'East End, ad abitarle continuano a essere solo gli immigrati.

C'è, però, un elemento nuovo a confermare che il processo descritto da George Orwell sta avendo effetti sulla Londra del

XXI secolo. I vecchi sudditi di Elisabetta, indicano senza incertezze i sondaggi e le analisi degli studiosi, sembrano aver ormai preso atto che chi è arrivato in tempi lontani o negli ultimi anni e ha ottenuto il passaporto britannico non è un ospite temporaneo ma un cittadino a pieno titolo, con gli stessi doveri e diritti. È un cambiamento di portata storica, che spalanca le porte di un futuro multietnico in cui i segni dell'antico sopravviveranno a fianco di stili di vita elaborati sulla spinta di una *fusion* spesso casuale, del meticciato. Non è un caso, del resto, se il tema della ridefinizione della *britishness* ha acquisito un'importanza sconosciuta in passato. Almeno per ora, però, è impossibile prevedere quali risposte verranno trovate a questa domanda nella città-mondo che, piú volte, ha anticipato dinamiche destinate in seguito a manifestarsi anche altrove.

La fabbrica delle avanguardie

È la Tate Modern, svettante sulla sponda opposta del Tamigi rispetto alla City, il simbolo piú rappresentativo della straordinaria inventiva di cui stanno dando prova i londinesi nel trasformare con allegra creatività gli emblemi del passato. Quello che oggi è il museo di arte contemporanea con il maggior numero di visitatori al mondo era sino all'inizio degli anni Novanta solo una enorme scatola vuota dopo la chiusura nel 1982 della centrale elettrica progettata da sir Gilbert Scott nell'immediato dopoguerra. All'epoca qualcuno suggerí di abbattere l'edificio perché, si disse, deturpava il paesaggio urbano con la sua ciminiera di novanta metri a torreggiare insolente di fronte alla cattedrale di St Paul e la facciata in stile divisionista. Meglio utilizzare l'area per costruirvi palazzi in vetro e acciaio, consigliarono gli architetti favorevoli alla demolizione a chi si interrogava sulle scelte piú adatte per rendere la zona maggiormente gradevole sotto il profilo estetico. Il dibattito sul destino della Bankside Power Station si protrasse a lungo, ma alla fine a prevalere furono coloro che la ritenevano un pezzo significativo della storia contemporanea di Londra insieme all'altra centrale elettrica gemella eretta da sir Gilbert Scott a Battersea, qualche chilometro piú a ovest, e la cui immagine divenne familiare a milioni di giovani dopo che il gruppo dei Pink Floyd decise di riprodurla sulla copertina di *Animals*, uno dei loro album di maggior successo. E cosí l'immensa scatola fasciata da oltre quattro milioni di mattoni color ocra rimase in piedi in attesa di conoscere il suo destino.

Nello stesso periodo i responsabili della Tate Britain inizia-

8. La Tate Modern vista dal Millennium Bridge.

vano a riflettere sulla strategia migliore per valorizzare la loro collezione, ormai troppo ampia per la storica sede di Millbank, a breve distanza dal Parlamento e dall'abbazia di Westminster. Presto divenne chiaro che l'unico modo per offrire una risposta adeguata al problema era dar vita a una seconda Tate londinese. La scelta della centrale elettrica dismessa fu frutto di un caso: il direttore del museo, accompagnato dai suoi collaboratori, era in viaggio su un battello verso l'estuario del Tamigi alla ricerca di un terreno libero sulla sponda del fiume per costruire il nuovo museo e un'improvvisa sosta della barca costrinse il gruppo a fermarsi per molti minuti davanti alla Bankside Power Station. L'amore nacque sin dal primo sguardo, raccontarono in seguito gli occupanti del battello. Il gigantesco emblema dell'industria postbellica aveva infatti tutte le caratteristiche ritenute indispensabili per la Tate che doveva nascere: garantiva abbondanza di spazi espositivi, era in una posizione strategica nel cuore della capitale a pochi passi dalla sede del Globe, il teatro elisabettiano rinnovato già in fase avanzata di progettazione, la sua fisionomia inconfondibile rendeva l'edificio immediatamente familiare agli abitanti della città che, secondo il responso di accurate indagini demoscopiche, non avrebbero troppo gradito di veder sorgere la seconda Tate in un grattacielo realizzato appositamente nell'area di Greenwich, come proposto da alcuni urbanisti.

Acquisita nel 1994 la proprietà della «scatola», due anni piú tardi presero il via i lavori per la sua trasformazione sotto la guida degli architetti svizzeri Jacques Herzog e Pierre de Meuron, vincitori di un concorso internazionale con oltre cento partecipanti. La Tate Modern è stata inaugurata il 12 maggio 2000 con una sfarzosa cerimonia alla presenza dell'intero establishment politico e culturale del Regno Unito, un evento mondano che ha scatenato a Londra la caccia agli inviti, messi in vendita sul mercato nero al prezzo di mille sterline. Testimonia con l'abituale ironia lo scrittore Will Self, intervenuto alla festa di apertura:

> Non credo che un museo abbia mai ricevuto tanta attenzione da parte dei media. Tutti i canali televisivi si sono collegati in diretta, la stampa per giorni non ha parlato d'altro: finalmente noi britannici, con il piú grande museo d'arte moderna, eravamo ritornati all'apice del mondo estetico. Al diavolo il Musée d'Orsay! Fatti sotto Bilbao, se credi di essere abbastanza forte! E in quanto al Moma di Manhattan, un semplice annesso, miei cari, una dépendance!

Anche se l'orgoglio nazionalistico ha senza dubbio avuto un peso non secondario nel far crescere in fretta la popolarità della Tate Modern, il merito del successo dell'intera operazione va equamente diviso tra gli architetti che hanno restituito vita alla «scatola» e il geniale curatore dell'allestimento.

La bellezza dell'intervento di Jacques Herzog e Pierre de Meuron (autori del progetto di ampliamento ch sarà pronto nel 2012) si fonda sull'equilibrio raggiunto tra l'antico e il nuovo: l'edificio ha infatti mantenuto all'esterno la sua integrità strutturale, mentre all'interno è stata conservata l'enorme sala delle turbine lunga 150 metri e larga 30 e i cinque piani del museo vero e proprio (cui se ne aggiungono altri due destinati al ristoro e al riposo) sorgono sul lato che guarda il fiume, per-

mettendo cosí a chi passeggia per le sale e si affaccia sui bal-
coni di ammirare un panorama del centro di Londra davvero
unico. La Tate Modern, tuttavia, non sarebbe riuscita a diventare il simbolo della vivacità culturale che oggi la capitale
britannica è in grado di esprimere e ad attrarre ogni anno cinque milioni di visitatori senza il contributo decisivo di sir Nicholas Serota, già alla guida della Tate di Millbank, che ha scelto di proporre le opere esposte per dar conto del cammino compiuto dalle avanguardie nel corso del Novecento seguendo una
filosofia rivoluzionaria, almeno per il Regno Unito: nessun ordine cronologico ma raggruppamenti su base tematica che cambiano con frequenza, rotazione dei capolavori presentati al
pubblico per garantire, afferma, «emozioni sempre nuove»
(«nessuno andrebbe in un cinema dove si continua a proietta-
re lo stesso film», ha chiarito in un'intervista), e soprattutto
un sapiente utilizzo della sala delle turbine che a cadenza regolare ospita stupefacenti lavori di autorevoli esponenti dell'arte internazionale realizzati appositamente per questo insolito
spazio.

   Pur nella sua assoluta semplicità sotto il profilo architettonico, la Tate Modern (alla quale si può arrivare a piedi attra-
versando il Millennium Bridge, il nuovo ponte pedonale sul Tamigi disegnato dall'architetto Norman Foster e dallo scultore
Anthony Caro) si è imposta per la sua caratteristica di «conte-
nitore-feticcio», secondo un'arguta sintesi di Alberto Arbasino, e costituisce un'evoluzione del modello rappresentato dai
suoi parenti piú riconoscibili: il Moma di New York, il Beaubourg di Parigi, il Guggenheim di Bilbao. Il rispetto dei canoni del minimalismo nell'allestimento, deciso da Serota sulla base del principio che «nulla deve disturbare il visitatore impe-
dendogli un rapporto esclusivo con le opere», ha contribuito a
indebolire le resistenze di natura psicologica che scattano in maniera quasi automatica in altri musei e ha trasformato la Tate
in un luogo di socializzazione e di incontri dove i londinesi appartenenti all'aristocrazia culturale si danno appuntamento, magari per pranzare al costosissimo ristorante al settimo piano con

9. Il Millennium Bridge e la cattedrale di St Paul visti dalla Tate Modern.

vista su St Paul e sulla City. Che poi, a dispetto di quanto ritenuto da Serota, il rapporto con l'arte non sia affatto «esclusivo» ma rappresenti invece solo un elemento del successo della Tate è l'inevitabile (e felice) conseguenza di un perfetto equilibrio tra contenitore e contenuti, del fascino di un edificio che viene percepito a sua volta come un'opera d'arte.

La miglior prova del solido legame tra questi ambiti altrove spesso inconciliabili è nel favore che dal 2000 accompagna le installazioni proposte nella gigantesca sala delle turbine, una navata piú grande di quella di qualsiasi cattedrale in cui si celebra il culto di un'arte contemporanea capace sempre di trasformarsi in evento mediatico di ampia risonanza. Serota e i suoi collaboratori sono riusciti ogni anno a inventare una sorpresa che ha contribuito ad accrescere l'interesse per la Tate di stampa e tv di tutto il pianeta e a far affluire visitatori in numero crescente, «milioni di pellegrini ansiosi di partecipare e non solo di vedere», li definisce Alberto Arbasino. L'immenso ragno costruito da Louise Bourgeois, gli inquietanti generatori di suoni di Bruce Nauman, gli effetti speciali ottenuti da Olafur Eliasson giocando sulla simulazione dei cambiamenti meteorologici, le migliaia di scatole impilate da Rachel Whiteread hanno rappresentato l'equivalente della magica porta che Alice varca per entrare nel mondo delle meraviglie, la strada d'accesso a un universo pieno di sorprese in cui la sperimentazione d'avanguardia non cerca piú come un tempo di sconcertare chi osserva l'opera, ma ne sollecita la divertita complicità. Che la Tate Modern, costata 130 milioni di sterline e a cui si accede gratuitamente, riesca ad avere un bilancio in attivo e a permettersi a buon ritmo nuove acquisizioni grazie agli ottimi incassi dei negozi e dei ristoranti ospitati al suo interno e ai biglietti a pagamento per le mostre temporanee, conferma che l'arte contemporanea, nella Londra degli ultimi anni, costituisce un'eccellente fonte di guadagno e un pezzo non secondario dell'economia postindustriale.

Il mercato dell'arte.

Sia pure in maniera inconsapevole, è stata Margaret Thatcher durante la sua lunga permanenza a Downing Street a dare un impulso decisivo per favorire un profondo cambiamento all'interno del mondo dell'arte. Naturalmente il primo ministro conservatore non si è mai occupata in maniera diretta di quanto accadeva in questo ambito, ma alcune scelte da lei compiute hanno favorito una silenziosa rivoluzione le cui conseguenze sono apparse evidenti in seguito. La rabbia giovanile per politiche imposte dall'esecutivo ha agito da collante per un talentuoso gruppo di allievi del Goldsmiths Art College, l'accademia dove l'irriverente e oltraggiosa estetica del punk si è fusa con ardite sperimentazioni d'avanguardia e ha permesso a una nuova generazione di emergere e di soppiantare gli ultimi epigoni di un pop ormai obsoleto. Nelle aule del Goldsmiths, infatti, si sono conosciuti quasi tutti i principali protagonisti della scena artistica londinese contemporanea durante quegli anni Ottanta decisamente duri e violenti per l'intero Regno Unito e, in particolare, per Londra: disoccupati in aumento, imprese tradizionali in crescente difficoltà, crisi del piccolo commercio. Proprio nei quartieri della parte est della capitale, negli edifici spesso fatiscenti e nei rugginosi capannoni lasciati liberi dai vecchi insediamenti produttivi si sono in seguito installati, pagando affitti di poche decine di sterline al mese, questi giovani debuttanti di genio destinati ad affermarsi in breve tempo.

Le radici urbane della Young British Art, il movimento impostosi all'attenzione della critica e dei media negli anni Novanta, affondano in profondità in un East End in cui nessuno dei suoi poverissimi abitanti all'epoca immaginava un futuro diverso da un presente reso cupissimo dallo squallore e dalla miseria, che i drastici tagli al bilancio del welfare voluti dal premier avevano ulteriormente accentuato. Insieme ai giovani in cerca di spazi nello stesso periodo nell'East End arrivarono i primi galleristi con un budget limitato a disposizione, ma decisi a scommettere sul talento degli innovativi sperimentatori la cui estetica, dicono gli studiosi, era all'insegna di un edonismo tragico di matrice post-punk: sberleffi sempre graffianti cui si sommava il culto di un rigore formale spesso esasperato. Se oggi gran parte dell'East End è irriconoscibile rispetto al passato recente, se alcune zone sono ormai fra le piú *trendy* della capitale, buona parte del merito va attribuito proprio agli artisti che vi si insediarono a partire dalla fine degli anni Ottanta e ai galleristi che li affiancarono nell'avventura sfociata in un successo commerciale e di immagine che solo un visionario o un inguaribile ottimista avrebbe potuto prevedere. Quasi tutti gli esponenti piú in vista della Young British Art si sono poi trasferiti altrove, mentre sono rimaste le gallerie: una mappa distribuita nel 2005 dalla rivista «Time Out» ne cataloga oltre cento racchiuse in uno spazio di pochi chilometri quadrati tra Whitechapel, Spitalfields e Shoreditch, con una densità sconosciuta nel resto della capitale.

Ancora a Margaret Thatcher si deve la consacrazione pubblica dell'uomo che, insieme a Nicholas Serota (dal quale, secondo la leggenda del gossip, lo divide un'aspra rivalità personale), ha inventato e promosso la rinascita dell'arte londinese contemporanea. Fu infatti la Lady di Ferro ad affidarsi per la vittoriosa campagna elettorale del 1979 alla agenzia pubblicitaria dei fratelli Charles e Maurice Saatchi, stabilendo con entrambi uno strettissimo rapporto personale che garantí alla ditta e ai suoi proprietari ricchi contratti e una larga fama mediatica durante l'intero periodo della sua permanenza a Downing Street. Oltre a inventare slogan per i conservatori e a suggerire la miglior strategia di comunicazione al premier, Charles Saatchi coltivava da tempo un forte interesse per l'arte e aveva l'abitudine di investire una parte del suo reddito acquistando soprattutto opere di giovani. L'incontro con il gruppo degli esuberanti laureati del Goldsmiths Art College risale agli inizi degli anni Novanta: Saatchi li scopre quando organizzano una mostra collettiva in un capannone dei Docklands che in poche settimane guadagna ampio spazio su tutti i principali quotidiani in virtú della presunta oscenità di molti dei lavori esposti. Il meccanismo all'origine del successo non appare troppo diverso da quello che aveva in precedenza garantito fama e lauti incassi alla coppia formata da Malcolm McLaren e Vivienne Westwood: far finta di promuovere la rivoluzione puntando invece alla televisione. La ricetta ancora una volta funziona benissimo e trova il suo migliore interprete in quel Damien Hirst che propone ai visitatori della mostra i primi esemplari di animali fatti a pezzi e racchiusi in contenitori pieni di formalina, in seguito destinati a raggiungere quotazioni elevatissime, e rilascia interviste in cui svela senza alcuna timidezza il suo obiettivo: «Penso che diventare un riconoscibile marchio di fabbrica sia un'ottima meta. È questo il mondo nel quale viviamo. Devi averci a che fare, capirlo e cavalcarlo».

Non è certo difficile per Hirst e per i suoi compagni d'avventura raggiungere un accordo con Charles Saatchi: loro continueranno a produrre con artigianale laboriosità lavori all'insegna dell'edonismo tragico mentre lui, garantito dalle clausole di un blindatissimo contratto di esclusiva, si assume l'onere di promuoverli, ricavandone in cambio una cospicua percentuale sui guadagni. A fare la differenza rispetto al normale rapporto tra artisti e galleristi (o collezionisti) nel caso della Young British Art ci sono almeno due elementi decisivi: l'enorme influenza di Charles Saatchi in tutti gli ambienti che contano della capitale e il continuo ricorso a scientifiche tecniche di marketing per promuovere un gruppo con un robusto senso pragmatico, che guarda con lo stesso interesse al proprio conto in banca e al dibattito estetico sulle forme piú trasgressive dell'avanguardia. L'importante, ancora una volta, è far finta di infrangere le regole sotto l'occhio delle telecamere, trasformando in spettacolo ogni gesto per la gioia di un pubblico disponibile a scorgere profondi stimoli concettuali o esaltanti sfide intellettuali all'origine di scelte che ai piú accorti ricordano gli antichi sberleffi del Dada incartati in confezione ipertecnologica.

Abbandonati i capannoni dei Docklands, i giovani arrabbiati in versione *showbiz* nel 1997 sbarcano in forze grazie alla potente macchina organizzativa di Saatchi alla Royal Academy di Piccadilly, il tempio della tradizione britannica. La mostra si intitola *Sensation* e ha tutte le caratteristiche per non deludere rispetto alle premesse: tra le opere spiccano *Myra*, un enorme ritratto della plurinfaticida Myra Hindley realizzato da Marcus Harvey con migliaia di impronte di mani di bambini, la tenda da campeggio di Tracey Emin su cui vengono riportati i nomi delle cento persone con cui sostiene di essere andata a letto, una scultura dei fratelli Jake e Dinos Chapman che propone parti di figure con singolari irregolarità (un retto al posto della bocca oppure un membro maschile al posto di un naso), gli animali sezionati dell'immancabile Hirst. Per protestare contro la mostra alcuni componenti del comitato direttivo della Royal Academy si dimettono e la loro decisione contribuisce a gettare altra benzina sul fuoco di uno scandalo organizzato a tavolino dallo stesso Saatchi con benefici effetti sulla popolarità dei suoi «dipendenti» e visibili ripercussioni sul numero dei visitatori che ogni giorno accorrono a Piccadilly, garantendo alla rassegna uno straordinario successo di pubblico.

Le polemiche londinesi rappresentano il preludio della gigantesca baruffa politica che scoppia non appena *Sensation* arriva a New York. Qui ad accendere la miccia dello scontro è *Holy Virgin Mary*, un dipinto-mosaico di Chris Ofili che propone il ritratto di una Madonna nera con un unico seno fatto di sterco (simbolo di fertilità in Nigeria, terra di origine dello stesso Ofili). I cattolici si sentono offesi e chiedono un intervento deciso al sindaco Rudolph Giuliani, il quale promette in un'intervista di far chiudere la mostra e di tagliare le sovvenzioni al Brooklyn Museum che la ospita. In difesa dell'artista e dei responsabili del museo interviene anche Hillary Clinton, aprendo una battaglia tra repubblicani e democratici sulla libertà di espressione che approda addirittura in un'aula di tribunale dove un giudice dà torto a Giuliani. Per Saatchi e per il gruppo degli Young British Artists è un trionfo, mentre la pubblicità ricavata dalla trasferta americana fa ulteriormente impennare le quotazioni delle opere esposte: i quotidiani inglesi

ipotizzano nel 1999 che per lo squalo di Hirst un collezionista
californiano abbia addirittura offerto un milione di sterline.

Senza voler entrare nel merito dell'importanza sotto il profilo estetico dei lavori degli Young British Artists e di altri loro coetanei, è tuttavia impossibile mettere da parte una serie di
coincidenze che ne hanno segnato l'irresistibile ascesa. La partecipazione al Turner Prize (istituito nel 1984 e supportato in
termini economici e di immagine da una importante rete televisiva che ogni anno trasmette in diretta la serata della premiazione) ha costituito per tutti il punto di partenza verso il successo, garantito dall'approdo alla scuderia di Charles Saatchi.
Ma in seguito è la mutevole creatività dei singoli protagonisti ad
alimentare un business che ciascuno progetta seguendo il proprio istinto. Sotto questo profilo l'esempio migliore resta ancora una volta Damien Hirst, che dopo aver smesso di sezio-
nare squali, pecore o mucche si dedica per un breve periodo alla ricerca sugli effetti cromatici delle medicine, riempiendo le
sue opere di migliaia di pillole di ogni colore o proponendo
l'esatta riproduzione dei vecchi armadi delle farmacie. Per una
singolare coincidenza quando Hirst decide, sul finire degli anni Novanta, di aprire un ristorante a Notting Hill lo chiama
The Pharmacy dopo aver spiegato ai media che intende farne
«un'opera d'arte totale». La prova? Arredi e divise degli addetti: servizi da tavola a forma di capsule, bicchieri con in vista il serpente di Epidauro, tovaglie decorate da simboli chimi-
ci, alambicchi un po' ovunque, camerieri in camice da sala ope-
ratoria. Per almeno un paio d'anni The Pharmacy è «il
ristorante» per antonomasia della Londra alla moda, il luogo
d'incontro di stilisti, fotografi, star musicali, creativi di ogni genere e nazionalità, garantendo al suo proprietario lauti incassi
in virtú di prezzi decisamente elevati anche per gli altissimi stan-
dard della capitale. La modalità scelta per porre fine all'avventura di imprenditore della gastronomia è all'altezza della fama
di Hirst come genio della comunicazione: tutti gli arredi di The
Pharmacy vengono messi all'asta nell'ottobre del 2003 per un
incasso di ben undici milioni di sterline.

Damien Hirst non è comunque l'unico tra gli ex giovani arrabbiati a essersi garantito un conto in banca da magnate grazie al legame con l'onnipotente Saatchi e a naturali doti per le pubbliche relazioni. La stessa strada è stata seguita, tra gli altri, da Tracey Emin, che a dispetto di un impietoso giudizio del critico del quotidiano «The Independent» («penso sia troppo stupida per essere un'artista concettuale», scrisse Philip Hensher) ha ottenuto una solida fama grazie alla tenda da campeggio e a un letto sfatto e sporco di rifiuti organici utilizzato per sintetizzare gli abusi e le violenze che afferma di essere stata costretta a subire durante la parte iniziale della sua vita, proposto pochi mesi piú tardi in una collettiva organizzata dall'immancabile Saatchi. Ora Tracey Emin ha esteso ad altri campi la sua attività: ha una casa di produzione di video e di film sperimentali, disegna borse per un'azienda di moda francese e vestiti per l'amica Vivienne Westwood.

In poco meno di un decennio, grazie al fiuto imprenditoriale di Charles Saatchi e alla smisurata creatività di cui continuano a dare prova i diplomati delle accademie, Londra è diventata la capitale europea dell'arte contemporanea, strappando a Parigi, Berlino e Colonia anche la leadership del mercato dopo l'apertura nel 2003 di Freize, la fiera per addetti ai lavori che si tiene ogni autunno in un padiglione eretto all'interno di Regent's Park. Il costante incremento nel numero degli espositori e soprattutto l'inarrestabile crescita di un giro d'affari che nel 2005 ha oltrepassato la soglia dei trenta milioni di sterline offrono un'ulteriore conferma della supremazia guadagnata vincendo un'aspra concorrenza internazionale. Oggi l'appassionato d'arte che si reca a Londra può scegliere all'interno di un ventaglio di proposte la cui ampiezza è pari a quella di New York e probabilmente senza rivali in ambito continentale. Tra le centinaia di gallerie che presentano opere di sicuro interesse meritano una visita la Gagosian Gallery a Britannia Street, nei pressi della stazione di King's Cross, la White Cube di Jay Jopling in Hoxton Square e l'attigua Whitechapel, al numero 82 di Whitechapel Road, dove ormai molti an-

ni fa mosse i primi passi di organizzatore culturale proprio Nicholas Serota.

La ricchezza dell'offerta relativa all'arte contemporanea non
può comunque far dimenticare la magnetica capacità attrattiva
dei grandi musei londinesi, tappa obbligata per milioni di turisti che affluiscono nella capitale. Oltre al leggendario valore delle collezioni esposte, ci sono almeno due elementi tipicamente
inglesi che offrono un contributo decisivo per il continuo incremento del numero dei visitatori: l'assenza di un biglietto di
ingresso e la cura nel rinnovamento architettonico degli edifici
che li ospitano. Se il British Museum di Great Russell Street
(istituito con un atto del Parlamento nel 1753) e la National
Gallery a Trafalgar Square (la cui nascita risale al 1824) o la Tate Britain di Millbank (aperta in epoca vittoriana grazie alla do-
nazione di un magnate dello zucchero) sono gratis da sempre
(«i tesori che contengono appartengono ai cittadini e, dunque,
non si deve chiedere ai cittadini di pagare per vedere cose che
già sono sue», disse un ministro spiegando il significato della
scelta), altri musei furono costretti da Margaret Thatcher a introdurre il biglietto con pesanti ricadute sul numero di visitatori. Il governo laburista di Tony Blair ha seguito una strada diversa, rivelatasi vincente: ai musei che avessero nuovamente
abolito il biglietto per le collezioni permanenti l'esecutivo si im-
pegnava a rimborsare le spese relative all'Iva oltre a eventuali
deficit di bilancio dovuti a lavori di ristrutturazione. I risultati si sono rivelati ottimi: tra il 1998 e il 2005 i musei dell'area
di South Kensington (Science Museum, Victoria and Albert
Museum e Natural History Museum), che negli anni Ottanta
avevano scelto di adottare il biglietto, dopo averlo abolito hanno visto salire di oltre il cento per cento il numero dei visitatori, mentre tutte le maggiori sedi espositive della capitale hanno
avviato progetti di riqualificazione architettonica che hanno reso più moderni e più funzionali gli edifici che li ospitano. Oggi, al termine dei lavori, il British Museum vede accresciuto il
suo fascino dallo splendido cortile interno coperto ideato da
Norman Foster, la National Gallery può contare su nuovi spa-

zi grazie alla rinnovata Sainsbury Wing, la Tate Britain è stata
interamente riprogettata. Con una spesa assai contenuta per le
casse statali, visto che gran parte degli investimenti necessari
sono stati affrontati da sponsor privati, cui si sono aggiunti i ri-
cavi (anche in questo caso in continua crescita) dei ristoranti e
dei negozi aperti all'interno dei musei e delle mostre temporanee, che rimangono a pagamento.

La rivoluzione nel mondo dell'avanguardia di cui sono stati protagonisti Charles Saatchi e gli Young British Artists e i
lungimiranti cambiamenti nella politica culturale delle istituzioni hanno dunque offerto un apporto fondamentale per rendere dinamica e innovativa la scena artistica londinese, facen-
dole riguadagnare l'interesse su scala planetaria di cui godeva
nel corso degli anni Sessanta, poi diminuito a causa di una scarsa vivacità che ora sembra solo il ricordo di un passato lonta-
nissimo.

Oggetti e spazi cambiano forma e profilo.

Dal 1964 per gli inglesi il nome di Terence Conran è sinonimo di qualità nel settore dell'arredamento e di leggendario
successo in campo imprenditoriale. In pratica da quando, gio-
vanissimo, decise di investire i suoi risparmi nell'affitto di un
negozio a Fulham Road, in quella Chelsea dove si andavano af-
fermando le stiliste che dettavano le nuove regole della moda.
Appena Habitat aprí i battenti si comprese che Conran avrebbe sovvertito la monotona filosofia espositiva seguita dai responsabili dei grandi *department stores* di Oxford Street: i prodotti in vendita non venivano allineati in perfetto ordine sugli
scaffali, divisi sulla base di una specifica tipologia, ma accata-
stati in enormi contenitori, oppure messi uno accanto all'altro
senza che a dividerli ci fosse l'invisibile barriera della stanza
della casa alla quale erano destinati. L'allegra casualità di Habitat, in altre parole, rappresentava un'esplicita sfida al credo
razionalista promosso nel West End, l'elogio del caos creativo,

la prova che si potevano raggiungere gradevoli risultati sotto il profilo estetico e funzionale cambiando le antiche regole in materia di arredo. Abbattere costi e confini fu la geniale intuizione di Conran: prodotti di ottima qualità, posti in vendita a un prezzo decisamente contenuto, spesso adatti a ogni stanza all'interno di un appartamento. Habitat proponeva scaffali modulari in legno di pino utilizzabili per costruire una libreria ma utili anche in cucina o in camera da letto, un gran numero di oggetti di gusto orientaleggiante, posateria francese, sedie e poltrone scandinave, piastrelle di ogni forma e colore per i bagni. A differenza di quanto avveniva nei *department stores* non c'era alcun modello precostituito di arredo, ma solo l'offerta di materiali grazie ai quali ciascuno poteva in piena libertà crearsi l'abitazione di suo gradimento.

La novità introdotta da Conran conobbe uno straordinario successo nella Londra degli anni Sessanta e presto il marchio Habitat iniziò ad apparire in altre zone della capitale, mentre il suo inventore teorizzava il concetto di «design democratico» destinato a esercitare una profondissima influenza per oltre un quarto di secolo sulle modalità produttive e, soprattutto, sui gusti degli inglesi. L'importanza della rivoluzione avviata da Conran (che ha poi ceduto la catena Habitat agli svedesi di Ikea) può essere meglio compresa e valutata facendo ricorso a pochi numeri: il settore del design britannico è alimentato oggi da circa centomila imprese che garantiscono un milione e mezzo di posti di lavoro. Il cuore pulsante di questo ambito produttivo è a Londra, dove si trovano quasi tutte le aziende e opera l'ottanta per cento degli addetti. Dai tempi della nascita di Habitat è però cambiata la struttura organizzativa dei processi di produzione: ormai da anni gli oggetti vengono progettati a Londra, realizzati materialmente soprattutto in Asia e quindi commercializzati sul mercato interno e internazionale da ditte britanniche. «Londra continua a garantire ai suoi abitanti ricchezza grazie a una naturale capacità di innovare, ma la città ha smesso di costruire cose», ha chiarito lo stesso Conran in un libro nel quale, tra l'altro, rivendica con comprensibile orgoglio il merito di aver offerto con il suo esempio una spinta decisiva per far comprendere ai giovani l'importanza e le opportunità offerte dal settore industriale del design. Recenti statistiche ministeriali confermano il favore di cui questa materia gode tra gli studenti delle superiori, visto che si colloca al quarto posto nella graduatoria dei corsi frequentati per sostenere l'esame di maturità dopo matematica, scienze e inglese.

Tra le creature dell'eclettico e vulcanico Conran va segnalato soprattutto il Design Museum, aperto nel 1989 nella zona dei vecchi magazzini di Butler's Wharf, nei Docks, sulla sponda meridionale del Tamigi a poche centinaia di metri di distanza dalla sagoma inconfondibile del Tower Bridge. Varcarne la soglia è una tappa obbligata per chiunque si rechi nella capitale britannica e voglia osservare da vicino l'evoluzione di un ambito produttivo in cui l'effervescenza artistica ben si sposa con le esigenze dell'industria, che offre un solido contributo al saldo attivo della bilancia commerciale e continua a rivelarsi una inesauribile fucina di talenti. Ospitato in un edificio un tempo appartenuto a una compagnia che importava spezie, in larga parte finanziato dalla Conran Foundation, è il primo museo in Europa che mette in mostra articoli di produzione di massa a uso quotidiano. A fianco di prototipi dello stesso Conran e di altri noti designer londinesi, nelle sue sale i visitatori trovano materiali allineati per mostrare l'evoluzione degli stili e delle mode nel corso dell'ultimo mezzo secolo e possono accedere a una biblioteca specializzata che gli esperti giudicano la piú fornita dell'intero continente.

Rispetto ai tempi del debutto di Terence Conran il concetto di design ha conosciuto un'evoluzione velocissima e il suo campo non si limita piú al semplice arredo ma si estende in pratica a ogni tipo di prodotto disponibile sul mercato, confermando ancora una volta l'importanza cruciale che ha assunto per gli acquirenti l'impatto visivo dei beni tra i quali sono chiamati a scegliere. Del resto tra le materie insegnate agli allievi del Royal College of Art e del Saint Martins College of Art (i due istituti della capitale che godono di maggior prestigio in

questo settore) è stato di recente introdotto un corso di «food
design», in cui vengono non solo spiegate le tecniche di maggiore efficacia sotto il profilo commerciale per colpire l'attenzione di chi si affolla nei supermercati alla ricerca di cibi già
pronti, ma si teorizzano complesse strategie studiate per far in-
namorare a prima vista dei piatti serviti sulle imbanditissime
tavole dei ristoranti di lusso, dove ogni giorno si celebra la raffinata versione contemporanea del pranzo di Babette.

Il punto di incontro di tutte le tendenze d'avanguardia in
materia di design è una fiera che da alcuni anni propone all'inizio di ottobre nei padiglioni eretti a Earls Court, vicino a Kensington, sulla base di un avveniristico progetto di Ben Kelly, le
novità dell'industria britannica. A partire dal 2003, alla rassegna, che ha obiettivi commerciali e punta a strappare la supremazia continentale del settore ad analoghe iniziative in calen-
dario a Milano e Colonia, si è affiancato un *World Creative Forum* che si avvale della direzione scientifica dell'inesauribile
Terence Conran e al quale i suoi organizzatori affidano un compito molto ambizioso che il direttore John Sorrell cosí riassume: fare di Londra la capitale creativa del mondo. In attesa che
l'auspicio si trasformi in realtà, è comunque impossibile non
prendere atto che nella metropoli stanno emergendo nuovi talenti capaci di adattarsi senza alcun problema alle regole imposte da un mercato ormai postindustriale, in cui trionfano quelli che gli esperti definiscono «imprenditori della conoscenza»,
perfettamente a loro agio nel rapportarsi su scala planetaria con
produttori e acquirenti.

Sotto questo profilo l'esperienza piú significativa e interessante è quella del gruppo Designers Block, atipico ma vitalissi-
mo collettivo al quale hanno dato vita nel 1998 Piers Robert e
Rory Dodd, che ha il suo quartier generale a Brick Lane, nel
cuore dell'East End. La ditta di Robert e Dodd utilizza princi-
palmente il web per raccogliere progetti spediti al sito da ogni
parte del mondo e invia a laboratori e negozi delle città che ritengono adatte ad assorbire quel particolare tipo di prodotto la
richiesta di esporlo e metterlo in vendita. Non c'è forse esem-

pio migliore in grado di dar conto con altrettanta efficacia di come l'antichissima vocazione inglese per il commercio sia riuscita a evolversi, con la creatività di cui vanno orgogliosi Terence Conran e John Sorrell, utilizzando le opportunità offerte dalle tecnologie informatiche.

Se occorrono tempo e pazienza a chiunque decida di esplorare la zona di Brick Lane o, piú a nord, le vie che circondano Hoxton Square alla ricerca di piccole botteghe artigiane che propongono le ultime novità in fatto di design, il turista che invece predilige prodotti di qualità ha una meta obbligata: l'area alle spalle di Oxford Street. Chi sale verso Regent's Park percorrendo James Street (di fronte alla fermata della metropolitana di Bond Street) non tarda a scorgere le scintillanti vetrine dei negozi di maggior fama e prestigio a Londra nel settore dell'arredo per interni, allineate lungo Wigmore Street e Marylebone High Street, che offrono il meglio della produzione britannica e internazionale a prezzi decisamente poco abbordabili per clienti con una media disponibilità economica. Del resto, a Londra, ciò che è all'avanguardia viene messo in vendita a cifre spesso astronomiche, che rappresentano agli occhi di chi acquista la conferma della esclusività del prodotto. Una regola impostasi ormai da tempo nella città opulenta e rispettata anche da Terence Conran, proprietario proprio a Marylebone High Street di un Conran Shop che ben sintetizza lo sviluppo della filosofia teorizzata negli anni ormai lontani di Habitat: all'allegra e coloratissima confusione dei pionieristici tempi di Fulham Road si è sostituito un ordine rigoroso che dovrebbe servire a esaltare le qualità dei prodotti offerti a caro prezzo. Il «design democratico» è, insomma, solo un lontano ricordo e il marchio «Conran» rappresenta invece un ulteriore costo aggiuntivo che gli *happy few* in condizione di sostenerlo accettano di pagare con gioia.

Il vento del cambiamento non ha soffiato impetuoso nel corso dell'ultimo decennio solo nel settore del design. La sua influenza si è avvertita in maniera assai evidente anche su molte aree della capitale, profondamente mutate sotto il profilo urbanistico. Se all'epoca della vittoria di Margaret Thatcher, nel 1979, era ancora possibile trovare nella City aree recintate in cui venivano conservate le macerie degli edifici distrutti dai bombardamenti tedeschi, oggi la metropoli, che è stata oggetto di un gigantesco intervento di riqualificazione, in modo particolare nell'intera area centrale, e sta discutendo della strategia migliore per rimodellare l'effervescente East End, ha un'immagine del tutto diversa. Sono due le cause all'origine di una rinascita che può essere paragonata a quella della parte finale dell'epoca vittoriana: l'apertura della piazza finanziaria londinese ai mercati internazionali (il «Big Bang» del 1986), che fece affluire i capitali indispensabili per la progettazione e la costruzione di nuovi edifici nella City o nei Docklands, e la scelta dell'esecutivo conservatore di John Major di destinare una parte dei proventi della lotteria nazionale a «buone cause», in particolare a interventi destinati al recupero o al ripristino di strutture pubbliche obsolete. È bastato poco piú di un decennio per cambiare l'aspetto del cuore di Londra, concentrando gran parte degli sforzi e delle risorse sulla sponda meridionale del Tamigi dove la ruggine aveva aggredito le banchine abbandonate e i capannoni ormai vuoti.

Se nell'ambito del design l'apporto fondamentale per rinnovare il settore è venuto da Terence Conran, in quello dell'architettura il modello vincente è stato imposto da Richard Rogers e, soprattutto, da Norman Foster. Dopo aver ottenuto una solida fama a livello internazionale nel 1971 per il progetto firmato insieme a Renzo Piano per il Beaubourg di Parigi, Rogers ha costruito a Londra la nuova sede dei Lloyd's, gli edifici che ospitano nei Docklands gli uffici dell'agenzia giornalistica Reuters e della rete tv Channel 4 e ha avviato il primo «masterplan» per la riqualificazione del South Bank, in seguito ripreso e sviluppato da altri architetti. L'unico insuccesso nella brillante carriera di Rogers è il già citato faraonico complesso del Millennium Dome, senza dubbio un capolavoro sotto il profilo architettonico con la sua enorme cupola plastica estesa su un'area di oltre centomila metri quadrati.

L'idolo della Londra contemporanea in materia di architettura è comunque Norman Foster, alla testa di uno studio con cinquecento dipendenti e teorico della costruzione «high-tech», ovvero di edifici pensati come vere e proprie «opere d'arte che utilizzano tutte le potenzialità offerte dalla tecnica». Se chi arriva nella capitale con un volo *low cost* muove i suoi primi passi sul terreno britannico proprio in un aeroporto da lui progettato (lo scalo di Stansted), gran parte dei palazzi piú belli e piú significativi costruiti a Londra durante gli ultimi anni o delle piú affascinanti ristrutturazioni sono targate «Foster and Partners»: dall'elegante torre conica Swiss Re Tower nella City alla straordinaria cupola in vetro che ricopre il cortile interno del British Museum, dalla City Hall che ospita gli uffici del sindaco della città sulla sponda sud del Tamigi allo stadio di Wembley sul quale troneggia l'arco piú alto d'Europa. Senza, naturalmente, dimenticare il Millennium Bridge, il ponte pedonale sul Tamigi (lungo oltre trecento metri e costato 18 milioni di sterline) che collega la Tate Modern alla zona di St Paul, la «lama di luce», secondo la definizione dello stesso Foster, che dopo l'inaugurazione nella primavera del 2000 è stato immediatamente chiuso fino al 2002 non appena si scoprí che provocava un fastidiosissimo senso di «mal di mare» a chi lo percorreva. Le opere di Foster sono ormai cosí note e popolari a Londra da essere identificate con insoliti nomignoli: la Swiss Re Tower è «il cetriolo erotico», il Millennium Bridge viene chiamato «il ponte traballante» (*wobbly bridge*), mentre ha addirittura due soprannomi la City Hall (*glass testicle* e *giant headlight*) a causa della sua particolare forma che ricorda, appunto, un testicolo o il faro di una macchina.

Anche se in piú di una circostanza Foster ha insistito sul valore del rispetto del contesto nel quale i suoi interventi si inseriscono, tuttavia non mancano le critiche contro una filosofia progettuale volta, si sostiene, a far prevalere il semplice (e a volte persino poco funzionale) valore iconico degli edifici, ritenuti simboli in negativo di un'epoca dominata dal culto dell'immagine. A farsi portavoce dei contestatori è stato nel 2005

10. British Museum, cortile interno.

Charles Jencks, che in un volume intitolato proprio *Iconic Building. The Power of Enigma* afferma:

> Durante gli ultimi dieci anni è emerso un nuovo tipo di architettura. Sospinto da potenti forze sociali e dalla imperiosa richiesta di un successo istantaneo e di un immediato boom economico, il concetto di monumento ha conosciuto una radicale mutazione genetica rispetto alla sua storia passata: se prima municipi, musei o cattedrali esprimevano ideali condivisi attraverso la rappresentazione di ben note convenzioni formali, nell'attuale mercato i valori dell'appropriatezza e del decoro hanno un valore sempre più scarso. Anzi, icone all'apparenza democratiche come gran parte di quelle sorte a Londra servono proprio a destabilizzare il contesto, a sfidare la gerarchia dei significati sociali, a stravolgere le convenzioni. Ma è una ben strana forma di democrazia quella che permette a ogni tettoia di diventare un tempio e a ogni edificio, soprattutto se di altezza stratosferica e di forma insolita, di trasformarsi in un landmark.

Le obiezioni di Jencks non sembrano, almeno per ora, aver fatto cambiare opinione alle autorità municipali, che continuano a immaginare per Londra un futuro in cui saranno proprio progetti analoghi a quelli già realizzati a offrire il segno visibile del dinamismo culturale e del continuo rinnovamento del tessuto urbano. E tra questi spicca la «Shard of Glass», la scheggia di cristallo, alta oltre trecento metri, disegnata da Renzo Piano, che sorgerà a breve distanza dal London Bridge, nel quartiere di Southwark, ancora una volta sulla sponda meridionale del fiume ormai oggetto degli interventi di riqualificazione più importanti dopo la fine del recupero nei Docklands. L'esecrato valore iconico degli edifici tanto inviso a Jencks non nasce, comunque, da una presunta volontà di stupire a tutti i costi da parte degli architetti, bensì dall'armonia tra ciò che è antico e ciò che è, invece, ultramoderno in una metropoli in perpetua trasformazione, in cui la contiguità tra i simboli del passato e gli emblemi del presente esalta entrambi. Una strategia che ha rappresentato l'equivalente in ambito architettonico della brillante dinamicità di cui Londra ha fornito ampie prove in campo economico e sociale e che cominciò a essere adottata quando si decise, negli anni Settanta, di restituire bellezza all'area degradata di Covent Garden dopo il trasferimento del mercato, e che in seguito ha ispirato tutti gli interventi nella City e nelle zone limitrofe. L'ampio ricorso allo sviluppo verticale ha favorito il disegno di chi teorizzava l'esigenza di dar vita a una città piú «compatta», da ottenere recuperando, quando possibile, ciò che non veniva piú utilizzato (esemplare il caso della centrale elettrica dismessa trasformata in museo), o riempiendo con nuovi edifici, spesso di dimensioni gigantesche, «i buchi neri presenti nel tessuto urbano», secondo una formula di Richard Rogers, ascoltatissimo consigliere del sindaco Ken Livingstone, che si è battuto in ogni sede istituzionale e politica per la vittoria di questa strategia.

Esisteva un'alternativa? A proporla era (ed è ancora) il principe Carlo, instancabile avversario dell'architettura moderna, da lui giudicata «priva di anima». Da tempo Carlo sostiene senza apprezzabili risultati il valore della tradizione: il suo modello di edificio è quello vittoriano, odia i grattacieli, sogna addirittura il bando dell'acciaio e del cemento che andrebbero sostituiti con legno, pietra e mattoni. Per molti aspetti la battaglia dell'erede al trono ricorda quella combattuta a metà dell'Ottocento da John Ruskin contro Joseph Paxton, che aveva firmato il grande padiglione eretto a Hyde Park per ospitare l'Esposizione universale del 1851, la prima struttura in cui proprio il vetro e l'acciaio furono impiegati su larga scala. Nella sua vibrante denuncia dello «scempio estetico» di cui Paxton si sarebbe macchiato, il raffinatissimo Ruskin non mancava di esprimere tutta la propria ripugnanza nei confronti del capitalismo, della tecnologia e dell'industria, auspicando un ritorno «agli antichi e solidi valori inglesi». È sorprendente come tracce evidenti delle idee care a Ruskin siano presenti in molti degli interventi pubblici di Carlo sull'architettura che hanno poi trovato concreta applicazione in un piccolo villaggio di appena mille abitanti costruito nella verde campagna del Dorset seguendo i suggerimenti del principe. A Poundbury non ci sono fili o pali della luce, sono vietate le antenne paraboliche, la ghiaia ha sostituito l'asfalto nei rivestimenti delle strade, agli incroci file di pietre rialzate obbligano le auto a fermarsi, tut-

te le case sono uguali. Se a Poundbury, almeno a detta di chi
ha deciso di trasferirvisi, la vita è gradevole, resta da capire come questa ricetta potrebbe essere utilizzata a Londra, soprattutto nella ristrutturazione delle aree centrali. È un punto sul
quale Carlo ovviamente non si è mai espresso, limitandosi a lasciar trapelare la sua netta contrarietà per i lavori di Richard
Rogers, di Norman Foster e dei loro colleghi che a partire dagli anni Ottanta hanno aggiunto un ulteriore elemento per in-
crementare il favore internazionale di cui gode la città che
continua a presentarsi come una gigantesca fabbrica di avanguardie in grado di sfornare senza sosta gran parte delle mode e delle tendenze destinate in seguito ad affermarsi anche
altrove.

Non ha dunque torto lo scrittore Will Self quando indica
nel London Eye, l'enorme ruota panoramica alta centotrenta-
cinque metri che dal 2000 sorge sulla riva meridionale del Tamigi a breve distanza dal Parlamento di Westminster, il biglietto di riconoscimento della capitale britannica all'inizio del
XXI secolo. Perché il London Eye rappresenta l'equivalente contemporaneo del Crystal Palace vittoriano di Joseph Paxton. Se
allora il grande padiglione di vetro e acciaio doveva trasmettere a chi vi accedeva il senso di solidità dell'economia inglese,
oggi la ruota sulla quale salgono ogni anno circa quattro milioni di turisti comunica soprattutto il carattere ludico e leggero
della sua evoluzione in forma postmoderna, oltre a consentire
una visione assolutamente unica di una città in cui gli edifici,
sempre per usare le parole di Will Self, «appaiono disposti come se fossero enormi sculture di carta che spuntano fuori da un
libro pop sulla vita urbana». Certo, dall'alto della ruota si per-
cepisce anche la mancanza dell'ordine che piacerebbe a Carlo.
Ma guardando con attenzione (e senza pregiudizi) non si può
fare a meno di cogliere l'allegro senso di creatività trasmesso
dal disordine, dal sovrapporsi degli stili architettonici, dagli
scheletri dei palazzi in costruzione. Londra è un cantiere sempre aperto, una metropoli in cui nessun assetto appare definitivo, che cambia di continuo fisionomia per impedire al tempo

di incidere sul suo volto quei segni indelebili che ne ostacole-
rebbero la corsa verso il futuro.

La musica.

Un'attività artigianale diventata subito un'industria che
sforna talenti, spesso tritura le vite delle star e, soprattutto, garantisce utili miliardari ai protagonisti del mercato. Se per chi
la ascolta, la musica è divertimento, svago innocente, piacevo-
le sottofondo del quotidiano, per chi invece a Londra se ne occupa per professione è un prodotto da rimodellare senza soste,
in grado di garantire fatturati in continua crescita. Bastano poche cifre per dar conto dell'importanza della musica nella Gran
Bretagna contemporanea: il Regno Unito è al secondo posto al
mondo dopo l'America nella graduatoria dei paesi produttori,
al terzo in quella dei consumatori, il settore occupa circa cin-
quantamila persone. Dire Regno Unito, comunque, equivale a
dire Londra: nella capitale hanno sede le case discografiche di
maggior peso, aprono ogni sera le porte e accendono le luci almeno seicento locali nei quali, secondo i risultati di un'indagine apparsa sulla rivista «Time Out», ogni settimana si tengono
ottocento esibizioni o concerti. Il censimento tiene poi conto
solo in parte degli eventi «minori», quelli ospitati nei pub dove muovono i primi passi i solisti o le band debuttanti in cerca
di gloria e di contratti che costituiscono l'immensa riserva nella quale le *major* (appena cinque marchi che controllano il settanta per cento del settore) e i produttori indipendenti vanno
a caccia delle stelle che alimenteranno il mercato di domani. Il
ricambio continuo, del resto, rappresenta la regola in un ambito in cui le tendenze vengono quasi sempre programmate a tavolino con accuratezza scientifica ogni quattro o cinque anni.

Se le dinamiche fondamentali della creatività non sono poi
troppo cambiate da quando, circa mezzo secolo fa, alcuni ragazzi bianchi prima negli Stati Uniti e in seguito in Gran Bretagna si innamorarono del sound dei neri, lo rivisitarono a mo-

do loro e cominciarono a far ballare il giovane ceto medio bianco, da allora ha invece conosciuto una rivoluzione profonda il modo di produrre e vendere musica, che segue ferree regole di marketing e richiede un'altissima specializzazione in chi lo gestisce. In gioco ci sono, del resto, cifre di tutto rispetto: per lanciare sul mercato inglese un nuovo cantante o una nuova band servono almeno cinquecentomila sterline, un investimento che deve essere recuperato in fretta e non permette scommesse al buio. Diventa perciò decisiva la capacità dei produttori di riuscire a calibrarsi al millimetro sugli stati d'animo e sulle attese degli acquirenti, di intercettarne gli umori e di assecondarli. La continua mutevolezza dei gusti dei giovani che comprano dischi è il paradiso delle *major* ma anche la loro dannazione, perché se il pubblico è facile da conquistare è altrettanto facile da perdere. Questo spiega l'enorme incremento dei costi rispetto all'epoca leggendaria del rock, agli anni in cui ci si poteva permettere il lusso del dilettantismo. Oggi l'industria musicale londinese è piena di addetti che sanno magari ben poco di note o di testi, ma in compenso conoscono tutti i trucchi e i segreti per raggiungere il cuore della gente e convincerla ad aprire il portafoglio.

Spiega Chris Blackwell, che è stato proprietario della «Island Records», una delle etichette indipendenti di maggior successo nel periodo in cui prevaleva una filosofia artigianale:

> Ormai siamo tutti dentro un *business* simile a quello dei vestiti. Una volta riuscivamo a vendere dischi esclusivamente sulla base della qualità della musica e dell'abilità strumentale degli artisti. Ora, invece, contano il packaging del prodotto, lo spazio ottenuto sui quotidiani e sulle riviste, la frequenza dei passaggi dei videoclip in tv.

Sarebbe comunque poco aderente al vero una nostalgica ricostruzione di un passato in cui c'era spazio solo per il talento e i bilanci delle aziende non avevano importanza. In Gran Bretagna il rock e il pop hanno rappresentato un capitolo di rilievo dell'economia nazionale sin dai tempi dell'esordio dei Beatles e dei Rolling Stones, tra i simboli maggiormente conosciuti all'estero della creatività inglese. Da allora, però, è decisamente aumentato il peso del marketing. Al punto che lo stesso Chris Blackwell riassume cosí la ricetta migliore per riuscire a raggiungere la vetta delle classifiche e rimanerci a lungo: nove parti di vestiti e trucco, una parte di musica. Lo *showbiz* al primo posto, insomma. All'insegna di un frenetico ricambio di buona parte dei protagonisti dello spettacolo e di una scientifica frammentazione dei generi e degli stili per riempire ogni fascia di mercato. Il periodo della svolta, dicono gli storici del settore, coincide con la fine della breve avventura punk dei Sex Pistols e l'arrivo al potere dei conservatori. «Se i decenni possono avere un colore, gli anni Ottanta ebbero senz'altro il colore dei soldi», sentenzia malizioso il giornalista Gary Herman. E quindi aggiunge una spiegazione di carattere sociologico per la metamorfosi: dopo aver compreso che i grandi ideali politici riuscivano solo a calamitare l'interesse di una minoranza, cantanti e manager decisero che era piú saggio e conveniente puntare su protagonisti eccentrici e su personaggi insoliti e bizzarri che garantivano titoli a caratteri cubitali sui tabloid e spazio su Mtv, l'emittente televisiva specializzata nata proprio allora.

Herman non ha forse completamente ragione, perché gli anni Ottanta sono anche il periodo che vede Londra al centro della rete mondiale dei concerti umanitari di cui si fa promotore Bob Geldof. È tuttavia indubbio che qualcosa di significativo deve essere accaduto in ambito musicale se all'inizio di novembre del 1994 sul palco allestito al Park Lane Hotel di Piccadilly per l'annuale premiazione dei migliori artisti organizzata dalla rivista «Q» interviene il giovane leader di un partito laburista che sta mutando la sua cultura politica e desidera dar voce alla componente sociale piú innovativa e dinamica della Gran Bretagna. Dice tra l'altro Tony Blair quella sera nel suo applauditissimo discorso:

> Il rock non è soltanto una parte importante della nostra cultura o del nostro modo di vivere. È anche un'industria che garantisce lavoro e produce utili e ritengo abbia un ruolo decisivo nel futuro della nostra economia. I dischi delle grandi band che ascoltavo da ragazzo (i Beatles, gli

Stones) vivranno per sempre, ma anche la musica di oggi vivrà per sempre se sapremo sostenerla e promuoverla. Penso che dobbiamo essere orgogliosi della nostra industria discografica e soddisfatti che si guardi ancora a Londra come alla città migliore dove intraprendere questa attività.

Semplici parole di circostanza? Difficile crederlo, visto che proprio negli stessi mesi gli esperti avevano certificato la nascita di un movimento, definito Britpop, che aveva le potenzialità per ripercorrere con analoghi risultati il leggendario cammino dei Beatles e dei Rolling Stones. Senza contare che lo stesso Blair stava pensando di affidare proprio ad alcune stelle del Britpop il compito di rendere piú attraente agli occhi dei giovani elettori l'immagine del Labour rinnovato e di chiedere alle band di farsi ambasciatori nel mondo della geniale creatività di quella *Cool Britannia* che stava iniziando a prendere forma e, soprattutto, cominciava a essere una etichetta esportabile e riconoscibile.

Pur senza sottovalutare i meriti artistici dei protagonisti dell'avventura del Britpop, è tuttavia impossibile mettere da parte il sospetto che proprio a partire dalla metà degli anni Novanta si siano saldate, magari addirittura per caso, le strategie e gli obiettivi di ambiti che in precedenza non avevano avuto troppi contatti. Con l'eccezione di un brevissimo flirt all'epoca della *Swinging London* (quando i Beatles comparivano a fianco del premier Harold Wilson e venivano omaggiati persino da Buckingham Palace), i rapporti fra la musica e l'establishment istituzionale erano infatti sempre stati pessimi, toccando punte di aperta e dichiarata ostilità reciproca con l'arrivo dei conservatori a Downing Street. L'idillio nasce per incanto non appena Blair conquista la leadership laburista e avvia il progetto di rimodellare nello stesso tempo la cultura politica del suo partito e l'immagine complessiva della Gran Bretagna. In questa operazione di rilancio la musica ha un ruolo fondamentale se è vero, come sostiene Will Self, che da almeno mezzo secolo i prodotti inglesi maggiormente apprezzati all'estero sono le rock band e le mode urbane e che i ragazzi di gran parte del pianeta giudicano senza esitare *cool* tutto ciò che viene prodotto a Londra.

C'è poi l'ampio ricorso alle tecniche di marketing di cui è esperta l'industria discografica per sostenere con robuste dosi di look i protagonisti del nuovo sound che dilaga al di fuori dei confini, si issa in vetta alle classifiche e garantisce utili miliardari. Il cambio di passo rispetto all'epoca dell'artigianato è evidente e nettissimo, chiarisce il critico Robert Ashton: se in precedenza i produttori sceglievano i gruppi sui quali puntare, augurandosi che le loro canzoni piacessero al pubblico, ora sono spesso accurate indagini demoscopiche a rivelare i gusti dei potenziali acquirenti e a influenzare le decisioni dei manager. Sotto questo profilo è esemplare il caso delle Spice Girls, la band interamente al femminile lanciata dalla Virgin nel 1996 dopo un'accuratissima selezione per scegliere le ragazze con caratteristiche diverse nelle quali le adolescenti avrebbero potuto (e dovuto) identificarsi. Così Geri Halliwell diventa «Ginger» per i suoi capelli rosso fuoco, Emma Bunton «Baby» per l'aspetto acqua e sapone, Melanie Brown viene ribattezzata «Scary» perché estroversa e irriverente, Victoria Adams appare perfetta per il ruolo di «Posh» in quanto indossa abiti sempre alla moda e, infine, a Melanie Chisholm è affidato il ruolo di «Sporty» per una presunta attitudine alla attività agonistica. Il successo è immediato su entrambe le sponde dell'Atlantico, a dispetto di doti canore decisamente modeste, e in appena cinque anni di carriera delle Spice la Virgin riesce a vendere ben settanta milioni di copie tra album e singoli, realizzando un gigantesco profitto.

Il solido legame creatosi tra il mainstream politico-culturale britannico e la musica ha restituito dinamicità a un settore che riusciva a garantirsi utili all'estero contando in prevalenza sul culto della nostalgia per i grandi del passato: Beatles e Rolling Stones, in primo luogo, ma anche Who, Pink Floyd, David Bowie e molti altri protagonisti della scena degli anni Sessanta e Settanta. Va tuttavia aggiunto che la rinascita del Britpop si è avvalsa in misura decisiva della ritrovata effervescenza della scena musicale londinese dopo un periodo di profonda crisi, durante il quale non sembravano più emergere talenti in grado di reggere la sfida del mercato a dispetto di generose campagne promozionali. Gli esperti del settore garantiscono che a favorire la ripresa sono stati soprattutto due elementi: l'ospitalità gratuita offerta da centinaia di proprietari di pub della capitale ai solisti e alle giovani band esordienti, e l'attenzione spasmodica per questi gruppi da parte dei proprietari di piccole case discografiche indipendenti. C'è, poi, un altro fattore che non va dimenticato: l'aumento della disponibilità economica di larghe fasce di pubblico giovanile al termine della recessione che aveva colpito durante la fase finale del governo conservatore. In coincidenza con la metà degli anni Novanta, dunque, Londra si ritrova ancora una volta a essere una delle capitali della musica a livello mondiale, il luogo dove si inventa il sound piú interessante, dove le *major* si contendono a colpi di centinaia di migliaia di sterline l'esclusiva sulle nuove star in grado di competere persino sul difficile mercato statunitense, dove gli acquisti di singoli o di album toccano la percentuale piú elevata d'Europa in rapporto al numero degli abitanti.

«Il lungo inverno nel quale eravamo piombati sembra davvero al termine», scrive entusiasta il «Guardian» durante l'estate del 1995, mentre le band rivali dei Blur e degli Oasis attendono il responso della sfida che si sono lanciati scegliendo di fare uscire in contemporanea il loro nuovo disco. Al termine della settimana iniziata il 14 agosto sono i Blur a uscire vincitori dalla contesa, ma quello che piú conta è che in sette giorni le vendite salgono nel complesso di oltre il quaranta per cento. Gli inglesi, insomma, riprendono a innamorarsi in massa della musica, apprezzano le sonorità del Britpop celebrate con enfasi da stampa e tv e sembrano disponibili a dare ragione a chi, a partire da Blair, ritiene che nella ridefinizione della *britishness* può giocare un ruolo strategico proprio la musica e che Londra debba tornare a esserne il cuore pulsante. Da allora è cambiato ben poco, anche se i nomi delle band al vertice delle classifiche sono mutati seguendo la legge che vuole un radicale rimescolamento delle carte a cadenza regolare: il Regno Unito ha ripreso a sfornare con ritmo costante mode e tendenze in ambito mu-

sicale, mentre l'industria del settore travolge record e macina
utili, contribuendo alla crescita dell'economia nazionale. Non
sembra certo un caso se la spinta decisiva per superare la crisi
è venuta proprio dalla ritrovata vitalità artistica di Londra, che
ha coinciso con le trasformazioni piú significative sotto il profilo urbanistico e sociale di alcuni quartieri sottratti al degrado
da accorte politiche pubbliche, nei quali nuove attività si sono
affiancate a quelle già esistenti, allargando cosí un'offerta senza pari in Europa in termini di varietà e di qualità.

 Chi desidera esplorare l'universo dei locali londinesi deve
cominciare il suo viaggio proprio dalla zona di Camden, nel nord
della metropoli, dove tra le case ricostruite per adattarle alle
esigenze della classe media continuano a sopravvivere club storici e altri vengono inaugurati con ritmo costante. «L'insieme
di strade tra Camden Road, Parkway e Kentish Town Road costituiscono il centro della scena musicale di Londra», precisa
Robert Ashton nel suo volume *Waking Up in London*, la miglior
guida disponibile sul mondo notturno della capitale. Se gli appassionati del vinile possono andare a caccia di rarità tra le bancarelle dell'affollatissimo mercato che si tiene dall'alba al tra-
monto ogni sabato e domenica, a pochi passi dalla stazione della metropolitana si trova The Good Mixer, uno dei rock pub
entrati nella leggenda del Britpop perché vi esordirono i
Blur, i Pulp, gli Elastica e i Supergrass. Al numero 184 di Camden
High Street da oltre quarant'anni si suona e si balla all'Electric
Ballroom (le foto appese in maniera disordinata alle pareti ricordano che, tra gli altri, vi si sono esibiti Sid Vicious, i Clash, i
Madness e gli Smiths), mentre sul lato opposto della via c'è l'Un-
derworld, con una lunga tradizione alle spalle, che negli ultimi
tempi ha scelto di caratterizzarsi per proposte di genere *metal*
e *post-punk*. Se piegando verso destra lungo Chalk Farm Road
si incontrano Dingwalls e Monarch, risalendo verso Kentish
Town Road al numero 18 c'è il WKD Cafe, un rock pub che di
recente è stato riarredato in versione ipertecnologica, al 147 si
trova The Verge, altro rock pub di piccole dimensioni i cui proprietari offrono le loro sale agli esordienti giudicati di maggior

interesse, caratteristiche che condivide con il Bull & Gate (al 389). All'incrocio tra Kentish Town Road e Highgate Road c'è invece l'inconfondibile sagoma del *Forum*, costruito nel 1934 seguendo le regole dello stile Art Déco per ospitarvi un cinema e poi diventato uno dei locali piú grandi del quartiere, oggi particolarmente apprezzato dai cultori del rock e del soul.

È comunque Soho, l'area centrale di Londra piena di ristoranti asiatici, la zona per tradizione vocata all'intrattenimento serale e, dunque, anche alla musica. Soho, nel corso della sua storia plurisecolare, ha spesso offerto ospitalità agli artisti e agli esuli: all'inizio del XIX secolo il pittore John Constable abitava a Frith Street, Karl Marx aveva casa al numero 28 di Dean Street dove ora c'è un ristorante, Casanova trascorse un lungo periodo a Greek Street. Il quartiere iniziò a guadagnarsi una reputazione sempre piú solida in ambito musicale a partire dagli anni Venti del Novecento grazie ai night club che aprirono i battenti a Gerrard Street, Dean Street, Coventry Street e Meard Street, ai quali si affiancarono in seguito alcuni teatri ancora in attività specializzati in spettacoli leggeri. E proprio Soho venne scelta nel 1959 da Ronnie Scott per fondare l'omonimo e ormai leggendario jazz club al numero 39 di Gerrard Street, poi trasferitosi nel 1965 al 47 di Frith Street, che nel corso della sua storia ha ospitato concerti di tutte le star di questo genere e continua a rappresentare un punto di incontro di assoluto valore internazionale per gli appassionati di jazz. Se Soho offre al visitatore curioso un numero elevatissimo di proposte musicali (qui si concentra una percentuale decisamente molto alta degli appuntamenti censiti ogni sera dalla rivista « Time Out »), chi supera di pochi passi i confini del quartiere incontra altri locali nei quali la qualità dell'offerta è sempre ottima: l'Astoria e il Borderline lungo Charing Cross Road, a breve distanza dalla stazione della metropolitana di Tottenham Court Road, oppure Metro e il 100 Club all'inizio di Oxford Street, due mete giudicate « imperdibili » da Robert Ashton nella sua guida per gli amanti della vita notturna.

Tra le centinaia di suggerimenti di Ashton merita almeno

una segnalazione Scala, al numero 275 di Pentoville Road (zona King's Cross, non lontano dall'omonima stazione ferroviaria e della metropolitana), che deve la sua particolarità al progetto di divertimento «globale» promosso dai nuovi proprietari: ai clienti, oltre alla musica, viene offerta la possibilità di nuotare in piscina o di rilassarsi con una partita a biliardo. E non può certo venire dimenticata la Brixton Academy, al numero 211 di Stockwell Road, nell'area sud della capitale, che può ospitare sino a cinquemila persone e rappresenta il crocevia di tutti i suoni e le tendenze che trovano spazio a Londra, visto che sotto la sua immensa volta, i ritmi di origine giamaicana si sovrappongono alle melodie asiatiche, il soul si mescola al rock sino a dar vita a uno «stile totale» che segna in maniera assolutamente inconfondibile l'atmosfera del locale. Tra le proposte piú recenti sono poi da tenere in considerazione gran parte di quelle inaugurate durante gli ultimi anni nell'East End, spesso a fianco delle gallerie d'arte e dei laboratori dei giovani talenti che lavorano vicino a Brick Lane o a Hoxton Square, mentre chi desidera acquistare musica ha a disposizione un'immensa scelta nei grandi *megastore* del West End: HMV di Piccadilly Circus (all'interno del Trocadero Centre), Tower Records, sempre a Piccadilly Circus, e Virgin, al 527 di Oxford Street. Per i nostalgici del vinile, invece, sono i mercati che hanno luogo ogni sabato e domenica in molti quartieri della capitale gli unici spazi nei quali è ancora possibile recuperare (spesso a caro prezzo) gli album che hanno fatto la storia del rock e del pop britannico.

Svaghi tra sesso, alcol e sport

Pensava di stupirli e invece li ha fatti arrabbiare. Nell'autunno del 2003 David Blaine è rimasto rinchiuso per quarantaquattro giorni in un cubo di plexiglass issato da una gru a dieci metri da terra su una riva del Tamigi, vicino al Tower Bridge e alla City Hall, in uno degli angoli piú suggestivi della nuova Londra. Il mago americano voleva dimostrare al mondo di essere in grado di resistere senza cibo per un periodo cosí lungo, contando solo su un costante rifornimento di acqua. Ben pochi, però, si sono entusiasmati per l'impresa che ha garantito a Blaine l'attenzione dei media e un lauto guadagno grazie ai contratti di esclusiva con alcuni canali televisivi satellitari. Al contrario, gran parte degli spettatori della bizzarra performance ha scelto di manifestare un'aperta ostilità nei confronti dell'illusionista statunitense con insulti gridati ad alta voce e lanci di oggetti, mentre la polizia è dovuta spesso intervenire per impedire un vero e proprio assalto alla gru. Gli psicologi interpellati dai quotidiani non hanno avuto dubbi nell'indicare la causa scatenante dell'aggressività verso Blaine: molti londinesi non gradivano che un uomo potesse trascorrere tanto tempo senza far nulla, ricavando dall'ozio (sia pure forzato) fama e ricchezza.

Rimanere inoperosi appare un peccato imperdonabile nella metropoli dove si lavora a un ritmo sconosciuto in altre parti del pianeta: un quarto dei suoi abitanti trascorre ogni settimana circa cinquanta ore in ufficio, l'incredibile soglia delle sessanta ore è raggiunta o addirittura superata dal quindici per cento, il normale impegno è di quarantacinque ore, secondo le statistiche ufficiali, contro le quaranta abituali negli Usa o nel resto d'Europa. Si tratta di ritmi malsani, avvertono i medici, spiegando che lo stakanovismo incrementa il rischio di contrarre malattie. A dispetto degli allarmi ripetutamente lanciati dalle autorità sanitarie e nonostante le campagne informative promosse dal governo il numero dei *workaholic*, dei forzati della scrivania, non accenna affatto a diminuire. La colpa, a giudizio degli esperti, è della struttura del sistema economico londinese, la cui crescita viene garantita e alimentata dall'immaterialità dei servizi piuttosto che dall'industria di matrice tradizionale. Su un totale di oltre quattro milioni e mezzo di occupati a Londra appena quattrocentomila svolgono attività riconducibili all'antico settore manifatturiero e aumentano senza sosta gli impieghi che richiedono un'alta flessibilità e turni spesso distribuiti nell'arco dell'intera giornata.

L'incremento delle ore di lavoro è la conseguenza maggiormente visibile dei mutamenti che hanno rivoluzionato il mondo della produzione durante l'ultimo quarto di secolo. A farne le spese è stata in primo luogo la vecchia scansione temporale che prevedeva un confine netto e invalicabile tra i diversi momenti del quotidiano. Sono in calo i londinesi che continuano a rispettare l'orario familiare ai loro padri e ai loro nonni (ingresso in ufficio ogni mattina dal lunedí al venerdí alle 9 e uscita alle 17), una percentuale crescente è vincolata a contratti che obbligano a offrire una disponibilità piú ampia e, soprattutto, variabile nel corso della settimana o dell'anno. L'intera Londra è cosí diventata una città che non si ferma mai, aperta ventiquattro ore su ventiquattro, sette giorni su sette. Un recente rapporto della Future Foundation sostiene che occorrerà attendere almeno un decennio prima di vedere gli effetti di una completa liberalizzazione degli orari e degli stili di vita che costringerà le banche, i supermercati, i cinema e i ristoranti dell'area centrale a non chiudere neppure per una parte della notte. Intanto, documenta la stessa indagine, almeno il venti per cento dei residenti della capitale è attivo quando gli altri dormono. Per ragioni legate al lavoro, certo, ma anche perché impegnato in normali attività come lo shopping. Fare acquisti tra le 21 e le 7 è ormai abitudine consolidata per centinaia di migliaia di persone e si tratta di un cambiamento di portata epocale se si tiene conto che le aperture notturne e domenicali sono state autorizzate dalla legge solo da pochi anni.

Benché malata di superlavoro, Londra resta una metropoli che offre ogni possibile occasione di svago e di divertimento ai suoi abitanti e ai turisti che giungono sempre piú numerosi a visitarla da ogni angolo del mondo. Durante la giornata nella pausa per il pranzo, all'uscita dall'ufficio o di sera i londinesi affollano i pub disseminati ovunque in città (un'abitudine che ha oltre un secolo e mezzo di storia alle spalle), consumando birra e altri alcolici in quantità che si impenna in misura preoccupante in modo particolare il venerdí e il sabato, oppure nel tempo libero si riversano nelle vie dello shopping (trentamila negozi in attività rendono Londra un vero e proprio paradiso per chi adora indugiare di fronte alle vetrine). Per riempire le ore della sera ci sono ristoranti per ogni gusto e disponibilità economica, i cinema (la centrale Leicester Square, alle spalle di Piccadilly, ospita i piú grandi, in cui vengono proiettate le anteprime e le ultime novità), e i teatri del West End che offrono musical o produzioni classiche e da decenni rappresentano per i loro proprietari un ottimo business capace di garantire incassi in continuo aumento: nel 2006 sono stati venduti dodici milioni di biglietti per un fatturato di seicento milioni di sterline. In salita appaiono anche i frequentatori delle splendide sale da concerto (da segnalare, almeno, la Royal Albert Hall, a South Kensington, la Royal Festival Hall, sulla sponda sud del Tamigi, la Royal Opera House, a Covent Garden, il London Coliseum, a pochi passi dalla National Gallery, il Barbican Arts Centre, nella City), e il numero degli spettacoli organizzati nei pub o nei locali notturni di cui dà conto ogni settimana «Time Out», il periodico che mappa con certosina accuratezza ogni evento londinese. Un vero e proprio boom sta poi conoscendo l'industria del sesso senza legami con la prostituzione clandestina: a Soho e nell'East End si concentrano i night club con spettacoli di spogliarello e dove operano le coniglette speciali-

ste in «table dancing» con tariffe di circa trecento euro per
mezz'ora, a Piccadilly è stata da pochi mesi inaugurato *Amora*
(Academy of Sex and Relationship of London), un parco a tema costato dieci milioni di euro e che dovrebbe registrare seicentomila ingressi ogni anno. Lo sport (praticato o seguito co-
modamente seduti sulle tribune dei grandi impianti rinnovati)
e le passeggiate nei parchi costituiscono, infine, le occupazioni
predilette dai londinesi il sabato e la domenica, giorni vissuti in
maniera decisamente meno frenetica rispetto al resto della settimana. Antiche tradizioni (in primo luogo quella del pub) e
nuove forme di svago convivono fianco a fianco nella Londra
contemporanea, forse la città europea capace di proporre il maggior numero di opportunità a chi desidera rilassarsi e recuperare le energie indispensabili per affrontare i ritmi di lavoro che
vengono imposti ai suoi abitanti.

Pub e club.

L'amore per la birra non è l'unico motivo che spinge gli inglesi ad affollare i pub. Chi li frequenta va anche alla ricerca del
contatto umano, apprezza le occasioni che offrono per entrare
in rapporto con persone appartenenti a classi sociali diverse, visto che proprio i pub rappresentano una sorta di territorio neutro, all'interno del quale non contano le invisibili barriere ancora ben presenti altrove. L'ipotesi, suggestiva e forse neppure
troppo lontana dal vero, è di una brillante antropologa. Kate Fox
ha scritto nel 2004 un corposo saggio (*Watching the English. The
Hidden Rules of English Behaviour*) per far luce sui misteri all'origine di alcune particolarità britanniche e dedica ampio spazio
nel volume proprio ai pub, convinta che molte dinamiche all'origine dei comportamenti degli abitanti del Regno Unito si possono comprendere solo conoscendo le regole rispettate in questi locali cosí caratteristici, ritenuti ovunque un elemento fondamentale della vita quotidiana dell'isola. Perché, si chiede tra
l'altro Fox, nei pub dove ancora si osservano le antiche abitu-

dini non è previsto alcun servizio ai tavoli? La risposta è semplice: serve a costringere i clienti a socializzare mentre attendono il loro boccale di birra di fronte al bancone. Precisa l'antropologa:

In questa circostanza le leggi normalmente osservate a tutela della privacy e della riservatezza non hanno piú corso, la loro validità viene ritenuta sospesa per tacito accordo, con il risultato di permettere a perfetti sconosciuti, che in altri luoghi si ignorerebbero, di stabilire un contatto e di iniziare una conversazione, sia pure su argomenti non troppo impegnativi.

Nell'analisi di Kate Fox i pub vengono definiti «magnifici esempi della singolare via inglese alla socializzazione, che permettono di accantonare per qualche tempo norme rispettate in ogni altro ambito». Se non ha torto, ciò che viene servito nei pub è solo un semplice strumento per aprirsi ai rapporti umani, per mettere da parte una naturale ritrosia verso gli sconosciuti. La nobiltà del fine, insomma, giustificherebbe i mezzi. Anche se è impossibile ignorare che in quanto al ricorso a simili mezzi i britannici in generale e i londinesi in particolare non temono certo rivali in Europa: il consumo medio di birra nel Regno Unito è superiore a quello dell'intero continente e a Londra è circa il doppio rispetto al resto del paese. Con il preoccupante risultato, documenta un recente rapporto governativo, che circa due milioni e mezzo di abitanti della capitale «superano ogni settimana i livelli ragionevoli raccomandati» e almeno cinquecentomila corrono il rischio di diventare alcolisti. Del resto chiunque conosca Londra sa bene che gli ubriachi, piú o meno molesti, sono una presenza abituale nelle notti del venerdí e del sabato e che è pratica diffusa fermarsi proprio al pub quasi ogni giorno dopo essere usciti dall'ufficio e prima di far ritorno a casa, evidentemente alla ricerca di quel contatto umano cosí difficile da stabilire altrove.

Se il pub ha origini vittoriane, visto che proprio durante l'Ottocento nasce la «public house» dalla quale prende nome, è decisamente molto piú antica la familiarità dei londinesi con le bevande alcoliche e il loro utilizzo in larga quantità. Lo ricorda lo storico Peter Ackroyd in uno dei capitoli centrali del suo *Londra* dove documenta come il luppolo venisse coltivato su larga scala sin dall'inizio del Trecento e precisa che nello stesso periodo erano attive nella capitale oltre trecento taverne e ben mille fabbriche di birra. Il problema dell'ubriachezza divenne cosí acuto che le autorità imposero nel XVI secolo la chiusura di gran parte delle fabbriche di birra e introdussero severe restrizioni per la vendita degli alcolici nelle taverne. Le misure, comunque, produssero risultati assai scarsi e neppure una tassa sulla birra, che ne fece impennare il prezzo a partire dal 1643, ebbe effetto, poiché Henry Peacham in una guida alla città pubblicata negli stessi anni mette in guardia i viaggiatori dai rischi per la loro incolumità provocati dall'ubriachezza dei londinesi definita «continua e bestiale», il cui effetto piú evidente è quello di produrre «sfide e litigi che causano ogni giorno un elevato numero di vittime».

Fu poi il gin durante il Settecento a guadagnare in breve tempo un ampio favore tra la popolazione, soppiantando la birra e provocando conseguenze sociali devastanti. Scrive in proposito Henry Fielding, uno dei padri del romanzo moderno, nel 1751:

> Un nuovo genere di ubriachezza, sconosciuta ai nostri antenati, è ultimamente spuntata tra noi e se non le viene messo un freno senza dubbio distruggerà gran parte dei ceti inferiori. Questa ubriachezza ha origine dal veleno chiamato gin, il principale sostentamento (se si può chiamare cosí) di almeno centomila persone in città.

La «febbre del gin» contagiò soprattutto le classi popolari e si diffuse con straordinaria rapidità grazie alla presenza di ben diciassettemila *gin palaces*, le squallide bettole nelle quali era messo in vendita per pochi centesimi il distillato dal grano, dalla susina o dal ginepro che un magistrato definí «il fuoco liquido con il quale gli uomini bevono in anticipo il loro inferno». Gli interventi delle autorità per frenare il consumo di gin ottennero i primi effetti concreti verso la fine del secolo e proprio in coincidenza con l'inizio dell'Ottocento una parte dei *gin pa-*

laces fu riconvertita dai proprietari in maniera spontanea e senza alcun disegno prestabilito in un nuovo tipo di locale, il pub, dove veniva servita in prevalenza quella birra di cui Londra stava riprendendo ad appassionarsi come aveva fatto durante il periodo medievale.

Tranne poche eccezioni, l'arredamento dei pub era decisamente spartano: un bancone, panche e tavoli circondati da sedie, sputacchiere sparse ovunque, segatura sul pavimento. Quelli dove si incontravano gli esponenti della borghesia cittadina, gli uomini d'affari attivi nella City e i giornalisti che lavoravano nelle redazioni dei quotidiani e dei periodici di Fleet Street o venivano aperti nelle grandi stazioni ferroviarie, mostravano una cura maggiore nella divisione degli spazi e nella qualità dei materiali, quasi sempre garantita dall'intervento di architetti: esistevano piccole salette riservate alle signore, il bancone era spesso ricoperto di marmo, le pareti erano decorate con affreschi, imponenti lampadari pendevano dai soffitti e, per garantire la privacy dei clienti, alcuni pub iniziarono a proteggere con vetri opachi, ribattezzati «snob screens» dalla stampa satirica, i tavoli piú lontani dalla porta di ingresso.

L'altissimo numero di pub, sottolinea Ackroyd, garantiva l'insolita opportunità di dare indicazioni a chi cercava un indirizzo seguendone la fitta successione nelle vie, anche se magari qualche problema poteva nascere a causa della ripetitività dei nomi con i quali venivano battezzati. Osserva il biografo della metropoli:

> Un forestiero che avesse chiesto la strada nel 1854, secondo *The Little World of London*, avrebbe probabilmente ricevuto una risposta del genere: «Dritto fino al *Three Turks*, poi a destra al *Dog and Duck*, avanti ancora fino al *Bear and the Bottle*, svoltare all'angolo del *Jolly Old Cocks* e dopo il *Veteran*, il *Guy Fawkes*, l'*Iron Duke* prendere la prima a destra».

Il passaggio nell'Ottocento dai *gin palaces* ai pub non costituisce soltanto un indizio utile per comprendere un radicale mutamento nei gusti alcolici dei londinesi. Se il *gin palace* è infatti nella maggior parte dei casi una semplice e povera mescita affollata di disperati ai quali pochi spiccioli bastano per dimenticare le sofferenze quotidiane, il pub invece, al pari dell'antica taverna, è il luogo della socializzazione e dell'incontro per la *working class* e, soprattutto, per quella borghesia cittadina che cresce di numero e di importanza proprio durante il periodo vittoriano. Già nel xix secolo, del resto, nei pub non si beve solo birra ma è possibile anche mangiare, ascoltare musica, assistere a brevi spettacoli teatrali, giocare a carte, a biliardo o a freccette, una delle pratiche sportive piú popolari sin da allora, che non tarda a diventare un'abituale fonte di divertimento per migliaia di persone durante la parte conclusiva della settimana.

L'ipotesi di Kate Fox del pub come spazio «neutro», che vede la volontaria rinuncia da parte di chi vi entra al ferreo rispetto di regole accettate altrove, sembra davvero un valido motivo per spiegare lo straordinario favore di cui inizia a godere sin dalla sua nascita, a dispetto di massicce e insistenti campagne per la temperanza promosse da gruppi religiosi e da esponenti politici. Il pub diventa cosí un elemento distintivo del paesaggio urbano della capitale, una delle caratteristiche unanimemente apprezzate e familiari a chi arriva dall'estero a visitarla: il racconto di un pomeriggio o di una serata trascorsa in queste sale trova quasi sempre spazio negli articoli o nei volumi di gran parte dei viaggiatori. Se i pub nati dalle ceneri dei *gin palaces* nelle zone popolari non presentano certo elementi degni di nota sotto il profilo dell'arredo, alcuni di quelli che si insediano durante l'Ottocento nelle aree centrali e sono spesso di proprietà di ricche e ben note fabbriche di birra costituiscono un ottimo esempio della raffinatezza estetica e dell'abilità artigianale dei vittoriani che si ispirano agli insegnamenti di William Morris, audace innovatore che nella seconda metà dell'Ottocento promuove il ricorso ai vetri colorati, al legno curvato e alla carta da parati con motivi floreali, aprendo di fatto la strada all'*Art Nouveau* e al design.

Tra gli esempi maggiormente degni di nota, ancora oggi in attività, va in primo luogo citato Ye Olde Cheshire Cheese, al

11. Ye Olde Cheshire Cheese pub, Fleet Street.

numero 145 di Fleet Street, uno dei piú antichi locali di Londra a giudizio degli storici, visto che a questo indirizzo esisteva una taverna già in epoca elisabettiana, poi trasformata in locanda dopo il disastroso incendio che nel 1666 distrusse gran parte della capitale e quindi riconvertita in pub a partire dal Settecento. Tra i suoi frequentatori ci furono Samuel Johnson, che abitava a pochi passi di distanza, Voltaire, William Thackeray, Charles Dickens e Karl Marx, oltre a molti esponenti di spicco della famiglia reale e del mondo della politica e della finanza che hanno apposto la loro firma in un registro degli ospiti, consultabile a richiesta, istituito a partire dalla fine del periodo vittoria-

no. Poeti e narratori apprezzarono a lungo anche The Dove, al
numero 19 di Upper Mall, nel quartiere di Hammersmith: su
uno dei tavoli di questo minuscolo pub James Thomson com-
pose i versi di *Rule Britannia*, e tra i clienti abituali figuravano
lo stesso William Morris e in seguito Ernest Hemingway e
Graham Greene. Di dimensioni gigantesche è invece Fantail &
Firkin, al numero 87 di Muswell Hill Broadway, nella zona nord
della capitale, ricavato all'interno di una chiesa sconsacrata,
eretta in stile neogotico, senza modificarne la divisione degli
spazi: l'immensa navata centrale è stata riempita di tavoli e il
bancone del bar ha preso il posto dell'altare e soltanto una piccola (e quasi invisibile) insegna sopra l'ingresso indica il mutamento nella destinazione d'uso.

Sulle rovine di un convento domenicano dal quale trae il nome venne costruito alla fine dell'Ottocento The Black Friar, al
numero 174 di Queen Victoria Street, non lontano dalla cattedrale di St Paul, che presenta un arredo decisamente insolito:
tutte le decorazioni firmate dallo scultore Henry Poole (esponente del movimento Arts and Crafts fondato da William Morris) propongono immagini di monaci impegnati in attività poco
consone alle loro abituali funzioni: mentre consumano abbon-
danti pasti o brindano alzando verso il cielo spumeggianti pin-
te di birra. Segni evidenti del gusto preraffaellita si trovano in
altri locali realizzati durante il periodo vittoriano: è il caso di
The Audley, al numero 41 di Mount Street, a brevissima distanza da Oxford Street e da Hyde Park, di The Boleyn, al numero 1 di Barking Road, nel cuore della zona di East Ham, del
Cittie of York di aspetto medievaleggiante che apre le porte al
numero 22 della centrale High Holborn, o, infine, di The Coal
Hole, al numero 91 dello Strand, ricchissimo di preziose decorazioni in vetro e di pesanti mobili di legno scuro.

A differenza dei bar presenti a latitudini piú mediterranee,
i pub non sono mai stati locali frequentati solo da uomini, ma
hanno sempre visto tra la clientela un'alta percentuale di donne, a riprova che ha ragione Kate Fox nel ritenerli luoghi pri-
vilegiati di socializzazione. Se i pub che operano nell'area cen-

trale di Londra sono affollati soprattutto durante la pausa del pranzo, quelli delle zone maggiormente periferiche si riempiono in particolare nelle ore serali e nel fine settimana. Chi desidera assaporare l'atmosfera del tipico pub londinese di metà Novecento può ritrovarla riassunta in maniera mirabile in *The Moon under the Water*, un breve saggio del 1948 di George Orwell:

> Se ci chiedono perché preferiamo un pub in particolare, sembrerebbe naturale mettere al primo posto la birra. È invece l'«atmosfera» di *The Moon under the Water* l'elemento che piú mi attrae. Tanto per cominciare l'architettura e l'arredo sono spudoratamente vittoriani. Niente tavoli con il ripiano di vetro o altre meschinità moderne, niente false travi o nicchie accanto ai camini oppure pannelli di plastica camuffati da legno di quercia. Il legno con le sue venature naturali, gli specchi ornamentali dietro il bancone, i camini di ghisa, il soffitto decorato e ingiallito dal fumo, la testa di toro impagliata sopra la mensola del camino: tutto ha la solida e rassicurante bruttezza del diciannovesimo secolo... *The Moon under the Water* è un posto cosí tranquillo che è sempre possibile fare conversazione. Non hanno né la radio né il pianoforte, e persino alla vigilia di Natale o in ricorrenze simili si canta soltanto in modo decoroso (...) La grande sorpresa di questo pub è il giardino. Nelle serate estive vi si riuniscono intere famiglie e si sta seduti sotto gli alberi a bere birra o sidro alla spina, con il piacevole sottofondo delle grida spensierate dei bambini sullo scivolo. Credo che il pezzo forte di *The Moon under the Water* sia il giardino, perché consente a tutta la famiglia di frequentare il locale, evitando che Mamma stia a casa a badare al piccolo mentre Papà esce da solo.

Anche se lo stesso Orwell ammette nelle righe conclusive del saggio che a Londra non esiste alcun pub con questo nome e con tutte le caratteristiche da lui elencate, il ritratto che offre ben sintetizza il comune pub senza troppe pretese nel quale mezzo secolo fa si incontravano gli abitanti della capitale. Da allora molte cose sono cambiate ed è sempre piú difficile trovare locali di questo tipo. In primo luogo perché ormai la maggior parte dei pub ancora in attività appartiene ai grandi produttori britannici di birra o a imprese multinazionali che hanno ristrutturato i locali, imponendo di fatto un'omologazione nell'arredo che li rende indistinguibili l'uno dall'altro. E poi perché, ovviamente, sono quasi spariti alcuni elementi tipici del tradizionale pub postbellico: il posto dei juke box e dei pianoforti è stato preso dalle slot machine e dai videogiochi, dal soffitto della grande sala comune al pianoterra pendono i sostegni dei maxischermi televisivi che trasmettono a ciclo continuo i canali satellitari e catalizzano l'attenzione dei clienti quando mandano in onda le partite di calcio.

Nonostante le radicali trasformazioni che hanno avuto luogo nei ritmi di lavoro e di svago dei londinesi e la progressiva riduzione nel numero dei pub (si calcola che almeno duecento chiudano ogni anno per far posto ai *wine bar,* oppure alle catene dei *fast food*), la loro presenza continua a costituire un elemento di fondamentale rilievo del paesaggio urbano. Senza contare, testimonia Peter Ackroyd, che la concorrenza tra quelli in attività ha contribuito in misura determinante alla diversificazione della proposta commerciale. Scrive infatti lo studioso:

> Nonostante le giustificate lamentele sulla standardizzazione sia della birra sia dell'ambiente in cui berla, agli inizi del Duemila esiste una varietà di pub superiore a ogni altra epoca nella storia di Londra. Ce ne sono con un teatro al piano superiore, con il karaoke serale, con la musica dal vivo, dove si balla, con il ristorante, con il giardino, pub teatrali in Shaftesbury Avenue e pub d'affari in Leadenhall Market, antichi come il *Mitre* nell'Ely Passage e il *Bishop's Finger* a Smithfield, pub di travestiti, di omosessuali, di spogliarello, con birre speciali e pub a tema variamente dedicati a Sherlock Holmes o a Jack lo Squartatore e ad altri personaggi londinesi. E, nello spirito della tradizione, i ciclisti si incontrano ancora al *Downs*, a Clapton, dove il Pickwick Bicycle Club si riuní la prima volta il 22 giugno 1870.

Alcune riforme approvate di recente a Westminster hanno comunque cancellato per sempre o modificato in maniera radicale antiche abitudini, permettendo a questi locali di mettersi maggiormente in sintonia con i nuovi ritmi della metropoli. Nei pub non è piú possibile fumare ed è stato abolito l'obbligo di chiusura alle 23 imposto all'inizio del primo conflitto mondiale da Lloyd George per impedire che i lavoratori dell'industria militare andassero a letto troppo tardi e, magari, anche troppo ubriachi e non riuscissero a essere puntuali ogni mattina all'apertura dei cancelli delle fabbriche.

Nulla, invece, è cambiato (e neppure è prevedibile che cambierà a breve) nella routine che segna la vita di un altro luogo di intrattenimento sociale tipicamente londinese e, al pari dei pub, con solide radici in epoca vittoriana: i «gentlemen's club» riservati alla classe dirigente. Se la parola «clubbing», ovvero «riunirsi in gruppo», venne utilizzata per la prima volta nel XVII secolo, è tuttavia proprio durante l'Ottocento che si moltiplicano gli esempi dei club ai quali vengono ammessi esclusivamente i «gentlemen», ospitati in imponenti edifici che assomigliano a grandi ville di campagna o ai palazzi italiani costruiti su disegno di importanti architetti in prevalenza lungo Pall Mall e St James's Street, le vie che si trovano a pochi metri di distanza dalle residenze reali. Ben pochi hanno chiuso i battenti da allora, quasi tutti continuano a esistere senza che siano state introdotte modifiche di rilievo nei regolamenti decisi dai fondatori. I «gentlemen's club» restano, ad esempio, un territorio maschile. Per ora in gran parte dei club, almeno sino a quando non verrà approvata una proposta per dare alle donne pari diritti anche in questo ambito, le signore non possono far parte dei soci e il loro accesso nelle sale è consentito in alcuni casi solo in qualità di ospiti. La norma, mai messa in discussione, impedisce persino alla regina Elisabetta di figurare tra i membri del White's (uno dei piú antichi, si trova al numero 37 di St James's Street); mentre il Carlton (club ufficiale del partito conservatore che in origine si trovava a Pall Mall e ha traslocato al numero 69 di St James's Street dopo che la sua sede è stata distrutta dai bombardamenti tedeschi) ha dovuto ricorrere a una deroga nel 1975 quando Margaret Thatcher vinse la battaglia interna per la guida dei tories: poiché lo statuto prevedeva l'automatica presenza del leader e, nel contempo, escludeva le donne, si decise di nominarla «presidentessa onoraria», legando la durata della carica alla permanenza al vertice del partito.

I «gentlemen's club» rappresentano un pezzo di passato che

sopravvive intatto nella Londra contemporanea, costituiscono
un universo a parte sempre identico a se stesso, e la loro inal-
terata centralità nella vita dell'establishment di sesso maschile
dimostra come l'assioma di Kate Fox non valga in ogni ambito. In questo caso, infatti, la momentanea sospensione delle
quotidiane regole di comportamento per favorire l'incontro e il
dialogo tra diversi non solo non è ammessa, ma la sorprendente solidità di un'istituzione cosí *old England* si fonda su una logica che proibisce qualsiasi contatto tra chi non appartiene alla cerchia ristretta degli eletti. I palazzi di Pall Mall e di St James's Street, insomma, provano il rilievo ancora oggi attribuito
alle barriere sociali, il «piacere malizioso» (come lo ha definito
lo storico Philip Nicholas Furbank) che la loro presenza garantisce a chi ha il potere di stabilire le linee di confine. Del resto
appare assai evidente a chiunque abbia una familiarità anche
minima con il Regno Unito che chi si associa a un «gentlemen's
club» lo fa con l'unico scopo di provare a se stesso e agli altri la
propria superiorità rispetto alla massa indistinta dei comuni cittadini. Se l'idea originaria del «club» rimanda a una civiltà al-
legramente conviviale di matrice settecentesca, in questo caso
appare invece di fondamentale importanza il concetto di «gentleman», una sorta di immateriale spartiacque di cui si discus-
se a lungo proprio in epoca vittoriana, in grado di dividere e se-
parare gli individui senza dover tenere conto della loro nascita
o della solidità del patrimonio, una «nobile condizione dello spirito» indipendente dalla classe di appartenenza dei singoli individui.

Quasi tutti i «gentlemen's club» fondati a Londra e ancora
aperti risalgono all'inizio dell'Ottocento. Che servissero per riu-
nire attori (il Garrick, al numero 15 di Garrick Street, a pochi
passi da Leicester Square), esponenti dell'aristocrazia (il Pratt's,
al numero 14 di St James's Street), alti funzionari statali (il
Reform, al numero 104 di Pall Mall), oppure intellettuali
(l'Atheneum, al numero 1 di Pall Mall), la loro caratteristica comune era (e continua a essere) quella di ospitare persone affini
per mentalità piuttosto che per censo, che si giudicavano clas-

se dirigente proprio grazie a una naturale raffinatezza garantita dalla condizione di «gentleman». Questo particolare tipo di club, insomma, è nato per unire chi si riteneva simile, ma soprattutto per permettere all'élite di continuare a filtrare gli accessi attraverso severissimi meccanismi di selezione anche in epoca di trionfante democrazia. Spetta allo scrittore Evelyn Waugh il merito di aver riassunto nell'immediato dopoguerra il loro ruolo e la loro importanza nella vita sociale inglese in un breve saggio in cui spiega che se nel Regno Unito l'unico metro di giudizio utilizzato con continuità nel corso dei secoli allo scopo di valutare il prestigio dei singoli individui è proprio quello dell'opposizione tra «gentleman e non gentleman». Precisava Waugh:

> Il principio basilare della vita sociale britannica è che ognuno pensa di essere un gentleman. C'è poi, però, un secondo principio che possiede una identica importanza: ognuno traccia la linea di demarcazione immediatamente sotto di sé. Si tratta fondamentalmente di un processo di progressiva esclusione. Se si esaminano i codici che raccolgono le norme che definiscono il gentleman, si scoprirà che esse sono tutte negative e che la loro summa è contenuta negli statuti dei gentlemen's club londinesi.

La presenza di questi impenetrabili fortilizi dell'élite e l'immutabilità dei regolamenti che ne presiedono il funzionamento testimoniano, dunque, la formidabile capacità di resistere a qualsiasi processo di modernizzazione esibita dalla parte apicale dell'establishment londinese. Nessuno, di sesso maschile, può sostenere di farvi davvero parte se non risulta membro di uno dei «gentlemen's club», se non viene ammesso negli immensi palazzi dove il peso del passato ancora condiziona i ritmi del presente e può usufruire di una serie di servizi paragonabili a quelli degli alberghi di lusso. Chi viene accolto al loro interno sa di essere arrivato al vertice e, soprattutto, è consapevole di non dover piú affrontare altri giudizi: è un «gentleman», ha acquisito uno status che da secoli garantisce, a Londra e nel Regno Unito, un rilievo sotto il profilo sociale altrove sconosciuto. Il tempo, in altre parole, sembra essere rimasto fermo nella zona centrale della metropoli dove, uno a fianco dell'altro, i «gentlemen's club» aprono le loro porte sorvegliate da discreti ma inflessibili addetti che impediscono a chiunque voglia scoprire cosa accade oltre la soglia di soddisfare la propria curiosità.

Lo sport.

Una preziosa occasione di svago e, insieme, un grande business. Non si può parlare del solido legame tra Londra e lo sport ignorando uno di questi due aspetti che ormai sono strettamente intrecciati tra loro. In primo luogo per il costante incremento nel numero di appassionati delle diverse discipline che si traduce in maniera automatica nella crescita del giro d'affari del settore. E poi per la presenza nella capitale di alcuni dei migliori impianti dell'intero Regno Unito che ospitano le grandi squadre e richiamano alle partite centinaia di migliaia di persone. Del resto, ha documentato qualche mese fa un rapporto redatto da esperti dell'ateneo di Cambridge, Londra è la città britannica dove in media ogni abitante spende all'anno la somma piú alta per lo sport: circa duemila sterline. Per quanto poi riguarda la specialità da praticare c'è soltanto l'imbarazzo della scelta tra le oltre venticinquemila società che, secondo dati ufficiali, operano a Londra e che coinvolgono nella loro attività uomini e donne di ogni età e classe sociale.

La promozione dello sport comincia dalle scuole: gran parte degli istituti ha campi e palestre in ottimo stato (a differenza di quanto accade in Italia) e l'impegno dimostrato dai ragazzi e dalle ragazze ha un peso non secondario nella valutazione degli allievi. Da oltre trent'anni si tiene un grande raduno cittadino, «Youth Games and Mini Games», al quale prendono parte migliaia di adolescenti e tutte le università londinesi hanno squadre che militano in molti campionati regionali o nazionali. Logico, pertanto, che l'attività sportiva amatoriale rappresenti un'abitudine per una percentuale ragguardevole di adulti (intorno al trenta per cento, dicono gli esperti) che possono con-

tare su un adeguato numero di impianti per ogni disciplina dif-
fusi in maniera capillare sul territorio, spesso gestiti dalle am-
ministrazioni dei diversi quartieri con un budget complessivo
che tende a salire in misura costante.

L'abbondanza di parchi e di spazi verdi di dimensioni piú
ridotte offre innumerevoli opportunità di fare movimento in
piena libertà e i numerosi corsi d'acqua si riempiono nei mesi
caldi di appassionati di canottaggio: da non perdere i canali della zona non a caso nota come «Little Venice», tra Paddington
e Regent's Park. Chi ama l'atletica ha a disposizione il grande
Crystal Palace National Sports Centre, situato nella periferia
sud dove si tengono i grandi meeting internazionali oltre agli
«Youth Games». I ciclisti, il cui numero è in continua crescita, possono contare su un velodromo (Herne Hill Velodrome,
sempre nella periferia sud) e sui circuiti protetti all'aria aperta realizzati a Somerset House, a Hampton Court o a Kew
Gardens. La struttura migliore per gli sport acquatici è l'enorme Docklands Sailing & Watersport Centre a Millwall, mentre
il Westway Sports Centre, a North Kensington, mette a disposizione anche duemila metri quadrati per le arrampicate. Lo
sport, dunque, è di casa a Londra in ogni sua forma e ai londinesi non mancano certo le opportunità per praticarlo, solleci-
tati da periodiche campagne governative volte a combattere la
sedentarietà e a sostenere, anche attraverso un regime fiscale
agevolato, il lavoro e l'impegno delle società dilettantistiche. Il
cui apporto è fondamentale soprattutto per promuovere quelle
specialità ritenute minori che offrono un contributo importan-
tissimo per alimentare la cultura sportiva dei londinesi.

Se poi ha ragione lo scrittore Nick Hornby quando sostiene
che essere testimone di un evento sportivo non è un atto passi-
vo «perché si tratta di una situazione in cui guardare diventa
fare, significa esser parte dello spettacolo», allora bisogna rico-
noscere che a Londra hanno compiuto sforzi davvero formida-
bili per garantire comodità e sicurezza alle migliaia di persone
che ogni settimana affollano le tribune degli impianti in cui si
disputano le gare. Ne ha tratto vantaggio l'incolumità degli spet-

tatori, ovviamente, visto che il confronto tra le tifoserie da tempo si limita soltanto ai duelli verbali e ai cori, ma le ricadute piú positive sono da registrarsi in ambito economico, in particolare nei bilanci dei club calcistici. Dopo aver inventato durante la loro storia secolare molte discipline (football, rugby, tennis, golf e cricket), gli inglesi hanno dunque messo a punto un nuovo modello di organizzazione dello sport e, soprattutto, di costruzione e gestione degli impianti, con particolare riguardo per quelli dedicati al calcio. Una scelta in qualche modo obbligata dal progressivo degenerare della violenza che, soprattutto nel corso degli anni Ottanta, aveva trasformato quasi ogni match in una vera e propria battaglia di piazza, con un bilancio di feriti e persino di morti in continua crescita. Con il risultato che gli spettatori calavano a ritmo costante, gli incassi ne risentivano in proporzione e gli introiti pubblicitari andavano a picco.

La grande svolta dell'inizio degli anni Novanta non si limitò soltanto alle norme sull'ordine pubblico e alla fisionomia architettonica degli impianti, ma si estese a macchia d'olio all'intero universo del football di vertice, che si trasformò in big business, in un'impresa in grado di macinare profitti e di garantire utili a chi decideva di investirvi risorse e assicurando nel contempo ingaggi miliardari ai protagonisti dello spettacolo in scena sul rettangolo verde. Sotto questo profilo il passaggio cruciale ha luogo nel 1992, quando i club che avevano in precedenza disputato la «First Division» fondano la «Premier League», la nuova serie A che nasce allo scopo di far crescere i proventi derivanti dalle sponsorizzazioni e dalla vendita dei diritti televisivi. La riforma dei campionati produce l'immediato effetto di irrobustire ulteriormente sul versante finanziario i team con una solida storia già alle spalle, in grado di calamitare l'interesse degli abitanti di grandi aree metropolitane e, proprio per questo, appetibili agli occhi di imprenditori con una larga disponibilità economica. Il cambiamento delle gerarchie sportive in ambito calcistico, con la crescente supremazia di Londra rispetto a Manchester o a Liverpool, coincide con la silenziosa rivoluzione che si manifesta in tutta la sua portata epocale a partire dalla seconda metà degli anni Novanta, mentre avvengono rapidi passaggi nella proprietà di gran parte dei club di maggior prestigio della capitale. Durante lo stesso periodo il calcio londinese inizia a riempirsi di stelle straniere (a far da apripista sono gli italiani, seguiti poi dai francesi) che liberano questo sport dall'antica atmosfera *working class* e lo rendono piú frizzante, decisamente alla moda nella *Cool Britannia* postindustriale e blairiana, e prendono il via ambiziosi progetti di nuovi impianti destinati a sostituire quelli da poco ristrutturati per fornire gli spazi adeguati all'immenso indotto offerto da questa industria in rapida crescita che trasforma il tifoso in cliente.

Per capire sulla base di quale logica funziona lo sport di vertice della capitale è utile leggere alcuni passaggi di un'intervista rilasciata nell'ottobre del 2005 al quotidiano «The Independent» da Peter Kenyon, responsabile delle strategie commerciali del Chelsea. Alla squadra, proiettata verso la vetta del football britannico dopo l'arrivo alla presidenza nel 2003 dell'oligarca russo Roman Abramovich (che per rilevare il team ha speso centoquaranta milioni di sterline, investendo poi altri duecento milioni sui giocatori), Kenyon è approdato dopo una lunga esperienza al servizio di società che operavano in settori decisamente molto lontani dall'universo dello sport, ma applica al football le medesime logiche di marketing utili per vendere altri prodotti. «Lo sport oggi è un pezzo dell'industria dello spettacolo e dell'intrattenimento di massa che ha bisogno di precise strategie di comunicazione per imporsi all'interno di un mercato globale molto competitivo e difficile», esordisce. Per poi precisare che i tifosi sono in primo luogo «consumatori» ai quali deve essere offerto un prodotto di alta qualità e che vanno «fidelizzati» all'interno di un business globale che non può (e non deve) prevedere solo la loro costante presenza allo stadio, ma anche il ricorso ad altri canali. «Stiamo lavorando soprattutto in Asia con l'obiettivo di creare un legame tra il nostro team e l'immagine complessiva di Londra. La Cina ha potenzialità enormi da questo punto di vista e non intendiamo certo farcele sfuggire», conclude il pragmatico Kenyon. Ricordando che solo una minima parte degli incassi del club deriva dalla vendita dei biglietti, mentre una consistente percentuale proviene dalle sponsorizzazioni e, soprattutto, dal merchandising che viene assorbito a ritmo crescente proprio in Asia, dove la squadra non dimentica di recarsi a disputare tornei ogni estate al termine del campionato britannico.

Sbaglia, comunque, chi è persuaso che solo il calcio a Londra possa rappresentare una fonte di reddito. A smentire questa ipotesi è, ad esempio, il mirabolante giro d'affari alimentato dal torneo di tennis di Wimbledon, che si disputa da oltre un secolo ogni anno tra la fine di giugno e l'inizio di luglio sui campi in erba dell'omonimo quartiere. A organizzarlo dal 1877 è il circolo denominato «All England Lawn Tennis and Croquet Club», i cui bilanci rimangono segreti (si tratta di un'associazione privata senza scopo di lucro), che tuttavia versa con regolarità alla Federazione inglese il cosiddetto «surplus dei campionati», ovvero gli utili, con la vana speranza che questo gesto serva a favorire la formazione di talenti nazionali in grado di aggiudicarsi l'insalatiera che premia i vincitori: un evento che non si verifica da circa settant'anni nel settore maschile e da almeno trenta in quello femminile. Se nel 1980, a dodici anni di distanza dall'apertura dei campi ai giocatori professionisti, il surplus era di appena quattrocentomila sterline, dopo gli ultimi tornei la cifra non è mai scesa al di sotto dei venticinque milioni, toccando addirittura un picco di trenta alla fine degli anni Novanta. Il balzo delle entrate è coinciso anche in questo caso con una ristrutturazione degli impianti che ha fatto sensibilmente crescere il numero degli spettatori (le tribune del centrale possono ospitare oggi diciottomila persone), con la vendita dei diritti tv e soprattutto con lo sfruttamento su larga scala del merchandising correlato al celebre logo nel quale sono raffigurate due racchette incrociate in campo verde e viola (i colori del Club organizzatore), riprodotto non solo su divise sportive ma anche su occhiali e su scatole di cioccolatini di cui sarebbero ghiotti in particolare i giapponesi.

Gli impianti rinnovati grazie a progetti di architetti di larga notorietà internazionale e la ripresa di interesse del pubblico in virtú dei successi ottenuti in competizioni di assoluto prestigio hanno poi garantito il rilancio di discipline di antica tradizione che sembravano però destinate a un'inarrestabile decadenza nonostante un glorioso passato. È il caso del cricket, sport soggetto a regole quasi incomprensibili al di fuori dell'area linguistica e culturale del Commonwealth (una gara può protrarsi anche per cinque giorni e terminare all'improvviso per una decisione dell'arbitro), di cui i londinesi sono tornati a innamorarsi dopo che il vecchio Lord's Cricket Ground a St John's Wood è diventato, secondo gli esperti, «un ottimo esempio di avvenirismo tecnologico in vena di nostalgia» grazie alle sapienti cure del gruppo Future Systems, un team di progettisti guidati da Jan Kaplicky e Amanda Levete. L'intervento sulla struttura ha fatto salire di oltre il trenta per cento il numero degli spettatori, una cifra destinata senza dubbio a crescere ancora nei prossimi anni dopo il trionfo a sorpresa dell'Inghilterra nell'estate del 2005 in un torneo che vede la partecipazione di tutti i paesi in cui si pratica questa disciplina, un risultato definito «storico» addirittura dal premier in Parlamento, che ha fatto confluire a Trafalgar Square oltre centomila appassionati di uno sport molto amato dagli intellettuali (tra i fan del cricket figurano Wordsworth, Byron, Tennyson, Conan Doyle, Samuel Beckett e persino Harold Pinter) e a proposito del quale il critico marxista di origine caraibica Cyril Lionel Robert James scrisse una volta:

> L'agonismo sportivo tra batsman e bowler riproduce la dinamica centrale che caratterizza ogni dramma teatrale dai tempi dei greci ai nostri giorni: due individui impegnati l'un contro l'altro in un conflitto che oltre a essere strettamente personale è anche rappresentativo di quelli che coinvolgono interi gruppi sociali.

Di nuova luce brilla anche il rugby, la cui casa londinese è dal 1907 il Twickenham Stadium, a Richmond, grazie ai successi della nazionale (gli inglesi si sono aggiudicati nel 2003 il titolo mondiale) e ai lavori che all'inizio del XXI secolo hanno trasformato l'impianto seguendo l'esempio degli stadi del football. Oggi il Twickenham Stadium può accogliere sulle sue tribune oltre ottantamila spettatori e all'interno del complesso si trovano un lussuoso albergo con camere che garantiscono un'ottima vista sul campo, un centro benessere e numerose attività commerciali per soddisfare ogni esigenza degli appassionati della palla ovale.

Il progetto che ha permesso alla metropoli di aggiudicarsi le Olimpiadi del 2012, battendo sul filo di lana l'agguerrita concorrenza di Parigi, costituisce la miglior sintesi della capacità, tipicamente londinese, di trasformare lo sport in spettacolo in grado di produrre business senza per questo stravolgerne l'antico spirito agonistico. Lo conferma la strategia applicata da chi ha messo a punto sin nei minimi particolari il dossier in grado di ottenere la maggioranza dei consensi tra i delegati Cio, che prevede, infatti, il sapiente utilizzo di tutte le credenziali che Londra può esibire in virtú della sua storia plurisecolare e dei giganteschi sforzi compiuti per rendere moderni e funzionali gli impianti di cui la città dispone. Per le Olimpiadi 2012 non verranno innalzate inutili cattedrali nel deserto, come è accaduto in precedenza in altre sedi dei Giochi, ma saranno utilizzate al meglio le strutture già esistenti e, soprattutto, molte gare acquisteranno ulteriore fascino grazie a quello garantito dagli inconfondibili luoghi dove si svolgeranno. E cosí Hyde Park e Regent's Park ospiteranno alcune discipline, i campioni del triathlon sfileranno di fronte ai cancelli di Buckingham Palace, mentre il torneo di beach volley sarà ospite del cortile delle Horse Guards, nel cuore della città politica, a pochi passi dalla reggia, dalla residenza del primo ministro e dal Parlamento. L'unico intervento importante sotto il profilo urbanistico è in programma in un'area che comprende anche una significativa porzione della parte est della capitale, dove sarà costruita la cittadella olimpica con un costo abbastanza modesto che al termine dei Giochi dovrebbe venire riconvertita in zona residenziale.

La gigantesca macchina del divertimento del mercato di massa non sembra comunque aver cancellato la gloriosa civiltà sportiva britannica, non ha messo fine a una spontanea (e pacifica)

12. Veduta aerea del nuovo stadio di Wembley.

passione popolare capace di manifestarsi in tutta la sua allegra vivacità in quel variegato universo dilettantistico che a Londra trova innumerevoli occasioni per dar sfogo ai propri molteplici interessi grazie all'abbondanza degli spazi disponibili. Valga per tutti l'esempio di Hackney, il quartiere a nord dell'East End, dove sulle rive del fiume Lee sono stati realizzati ben ottanta campi di calcio regolamentari. Qui ogni domenica si affrontano in un centinaio di partite (spesso senza arbitri) le squadre affiliate alla Sunday League che raccoglie i team messi insieme nei pub e che nei pub tornano per commentare i risultati o le azioni cruciali al termine degli incontri. Lo sport, dunque, riesce ancora a essere divertimento allo stato puro anche nella Londra opulenta e frenetica di questo nuovo secolo e il football di Hackney ne riassume le caratteristiche migliori. A conforto di chi, come Nick Hornby, è certo che osservare chi insegue un pallone possa offrire emozioni uniche, indipendentemente dalle doti tecniche esibite dai giocatori. Perché, aggiunge ancora lo scrittore, «per i veri appassionati la qualità del prodotto non ha alcuna importanza, ciò che davvero conta è il senso di libertà che lo sport trasmette a chi lo pratica e a chi assiste alle gare».

Il sesso.

Ora che i pornoshop hanno abbandonato le viuzze strette e poco illuminate di Soho o dell'East End, per sbarcare senza vergogna nel cuore del West End, a pochi passi da Oxford Street, sembrano appartenere a un'epoca remota le controversie che spaccarono l'opinione pubblica nell'autunno del 1960, mentre in un'aula di tribunale si decideva se gli inglesi potevano acquistare e leggere *L'amante di Lady Chatterley*, romanzo di D. H. Lawrence uscito a Firenze nel 1928 ma stampato solo poche settimane prima sul suolo britannico dalla Penguin Books e subito accusato di oscenità. Al termine di una settimana di dibattimento la giuria popolare (nove uomini e tre donne) stabilí in maniera unanime che l'accusa era infondata e con il suo verdetto, disse in seguito il poeta Philip Larkin, aprí la strada alla rivoluzione sessuale. Che, in estrema sintesi, permise ai sudditi di Elisabetta di non dover piú nascondere i loro gusti in questo ambito e lasciò filtrare, senza ipocriti schermi a farvi velo, un'esuberanza già ben nota agli storici, di cui si trova traccia sin dall'epoca medievale.

Sull'occulta dissolutezza di Londra si sofferma a lungo Peter Ackroyd, ricordando che in pieno Ottocento (e a dispetto del cliché sulla presunta rigidezza morale dei vittoriani) nella capitale operavano poco meno di tremila bordelli nei quali offrivano il loro corpo circa ottantamila donne e uomini, alimentando un giro d'affari di ottomila sterline ogni anno. Se grazie a documentatissimi studi il mondo della prostituzione femminile e maschile della città di matrice *working class* non aveva piú segreti da oltre cento anni, una singolare mostra organizzata durante l'inverno del 2002 alla Tate Britain, con l'esplicito titolo di *Exposed, the Victorian Nude* ha messo in evidenza l'insospettabile intraprendenza delle classi dirigenti, che commissionavano agli artisti piú alla moda dipinti raffiguranti signore e signori con pochissimi indumenti, destinati a venire ammirati in privato o a essere addirittura riposti in cassaforte. Tra gli appassionati di nudo c'era addirittura anche la regina Vittoria, che prediligeva le tele dove troneggiava il corpo di Lady Godiva, leggendaria eroina anglosassone che nel 1067 avrebbe cavalcato per le strade di Coventry ricoperta solo dalla sua lunga chioma rossa. Secondo i suoi biografi, del resto, Vittoria mantenne a lungo la consuetudine di regalare al marito Alberto un dipinto di nudo a ogni compleanno.

I pittori, potendo contare su questi clienti, non si preoccuparono troppo delle crociate antivizio che venivano regolarmente lanciate dalle organizzazioni religiose e trovarono presto il coraggio di esporre i lavori tanto apprezzati dall'establishment nelle mostre che si tenevano nelle gallerie private o alla Royal Academy di Piccadilly. Intanto a Londra si andava radicando un fiorente mercato della pornografia, alimentato da volumi anonimi e, soprattutto, un ricco commercio di immagini fotografiche, spesso a sfondo pedofilo. Nulla di scandaloso, almeno per i vittoriani, che sino al 1871 giudicavano una dodicenne abbastanza grande per esercitare la professione di prostituta (limite poi portato a sedici nel 1885), e per la città dove alla fine del secolo nei gabinetti pubblici maschili vennero installati i «Mutoscope», apparecchi di invenzione americana che consentivano per pochi spiccioli di vedere filmini erotici. In breve gli incassi delle toilettes salirono alle stelle e le autorità furono costrette ad accogliere l'invito apparso nel 1899 sulle colonne del «Times» e a proibire i «Mutoscope» per evitare l'accusa di sfruttamento della prostituzione.

Nel decennio conclusivo del secolo venne infine eretto il monumento che, a giudizio di Peter Ackroyd, continua a rappresentare il simbolo della prorompente e trasgressiva intraprendenza sessuale dei londinesi:

> Quando la fontana del Shaftesbury Memorial, altrimenti nota come l'Eros, fu inaugurata nel 1893 a Piccadilly Circus, essa distava solo poche iarde dall'infame Haymarket, dove le madri avevano messo in vendita le figlie. Eros fu la prima statua di alluminio, e in questa sintesi di

antica passionalità e di moderno metallo troviamo il simbolo del desiderio, vecchio e nuovo, della città. Da allora Eros è stato un richiamo. Nel
ventesimo secolo è stato il luogo degli incontri sessuali notturni, una zona in cui i giovani si radunavano in cerca di avventure.

Occorre comunque aspettare gli anni Cinquanta e Sessanta
per vedere i primi segnali del progressivo e inarrestabile sgreto-
larsi di quella doppia morale di matrice ottocentesca che tollera-
va i vizi privati a patto di proteggerli dietro lo schermo rassicurante della pubblica virtú. Il punto cruciale di svolta è rappresentato nel 1954 dalla scelta del governo conservatore di istituire
una commissione incaricata di valutare se la normativa sui reati
di omosessualità e prostituzione era ancora valida o se, invece,
andava cambiata. Il gruppo presieduto da John Wolfenden, un
dirigente scolastico esperto di problemi educativi, era composto
da un deputato tory, da un sacerdote, dalla responsabile di una
organizzazione femminile, da uno psichiatra e da un docente di
filosofia morale. La commissione consegnò il suo documento
all'esecutivo dopo oltre tre anni di intenso lavoro e le conclusio-
ni alle quali pervenne apparvero immediatamente rivoluzionarie:
i rapporti tra adulti consenzienti, affermò, non dovevano essere
puniti, l'omosessualità non andava considerata un reato. A giudizio di Wolfenden e dei suoi collaboratori, lo Stato non aveva
alcun diritto di interferire nelle abitudini private dei cittadini che
non danneggiavano terzi e nella sfera sessuale ogni inglese mag-
giorenne aveva il diritto di godere della piú ampia libertà.

Anche se fu poi necessario attendere il 1967 per veder ac-
colti in appositi provvedimenti di legge i consigli della commissione Wolfenden, fu subito evidente a tutti che si stava
aprendo una nuova epoca all'insegna della totale liberalizzazione dei comportamenti sessuali. La vita notturna di Londra
ne fu subito influenzata, come dimostrano le molteplici inaugurazioni negli anni Sessanta di locali nella zona di Soho di evi-
dentissima matrice gay, cui si accompagnò una profonda rivoluzione degli stili di vita e delle culture giovanili che riassume-
va l'effervescenza del periodo. Di sesso, insomma, si prese a
parlare in maniera sempre piú esplicita e diretta, lasciandosi al-

le spalle antichi tabú e con il conforto teorico del valore positi-
vo che a questa «esperienza» veniva attribuito dagli esponenti
della *beat generation*, dalle stelle musicali del pop, dagli audaci
performer del Living Theatre, dai registi d'avanguardia che riem-
pivano i loro film di immagini di corpi nudi e lasciavano che i
protagonisti narrassero senza inibizioni la loro vita intima.

Sotto il profilo sociologico la svolta degli anni Sessanta si
caratterizza per alcune precise dinamiche destinate in seguito a diventare ancora piú evidenti: innanzitutto ciò che in passato era ritenuto illegale e trasgressivo non resta dominio
esclusivo di una ristretta classe dirigente ma diventa pratica
di massa. Il crescente protagonismo femminile costituisce,
inoltre, un aspetto di fondamentale rilievo della rivoluzione
sessuale che prende avvio durante questo periodo. Sono dunque in modo particolare i gay e le donne a scandire i tempi e
i ritmi del cambiamento. Una tendenza che da allora ha continuato a rafforzarsi senza significative pause e che ancora oggi segna in maniera decisamente esplicita il complesso e variegato universo londinese della sessualità, il cui cardine continua a essere la vasta area intorno a Piccadilly Circus. Qui si
concentrano gran parte dei locali nei quali ogni sera si ritrova
chiunque sia a caccia di avventure: decine di bar, di pub, di
caffè o di night club, presenti in particolare a Soho e spesso
distinguibili sulla base dei gusti e degli interessi della clientela. A fianco di questo variopinto mondo «ufficiale», in cui tutto (o quasi) accade alla luce del sole, ne esiste ovviamente uno
illegale e sotterraneo di vero e proprio commercio del sesso
con al suo centro la prostituzione. A differenza di quanto avveniva un tempo, oggi le prostitute a Londra sono quasi scomparse dalle strade e lavorano prevalentemente in bordelli clan-
destini, nelle saune e nei saloni di massaggi e cercano clienti
riempiendo di foto decisamente esplicite le cabine telefoniche.
Sono circa ottomila le donne che garantiscono *sex fun* a pagamento
e a loro va aggiunto almeno un migliaio di uomini, documenta un
rapporto del 2004. Si tratta di una vera e propria industria in grado di fatturare decine di milioni di sterline ogni anno.

Ci sono molti indizi che confermano come a Londra il sesso abbia ormai oltrepassato la barriera della clandestinità, entrando a pieno titolo tra le forme di divertimento privato immuni da qualsiasi ostracismo di natura morale, e soprattutto costituisca un elemento per nulla secondario del mainstream, assecondando pulsioni dionisiache irrefrenabili decisamente *glamour*, ostentate come prova di fedeltà a uno stile di vita all'insegna di un neolibertinaggio ludico, chic, interclassista e multirazziale. A Soho, la storica area a luci rosse, molti degli squallidi locali in cui si affollavano sino a pochi anni fa i cultori della trasgressione sono diventati elegantissimi e costosissimi luoghi di ritrovo che attraggono migliaia di persone per la medesima ragione di un tempo ma garantendo una atmosfera completamente diversa. Il segno piú evidente e visibile del mutamento si coglie passeggiando lungo le strade dello shopping esclusivo o di massa, dove scintillano le vetrine di negozi che espongono e mettono in vendita articoli hard con crescente e irresistibile successo. A inaugurare la tendenza è stata Jacqueline Gold, «imprenditrice audace e geniale» secondo il «Financial Times», che dopo aver ereditato dal padre una piccola catena di modeste botteghe per adulti, è riuscita in breve a costruire un impero di porno-boutique con oltre un centinaio di punti vendita nell'intero Regno Unito ed è sbarcata senza incontrare alcun ostracismo nelle vie centrali della capitale. L'insegna di Ann Summers campeggia oggi in Oxford Street, a Kensington High Street, a Covent Garden, a King's Road e gli affari marciano spediti, con il fatturato che raddoppia ogni anno e l'articolo piú venduto (un vibratore dal nome certo non equivocabile: «Rampant Rabbit», Coniglio Scatenato) capace di guadagnarsi gloria mediatica internazionale dopo essere stato chiamato in causa dalle protagoniste di *Sex and the City*, fortunatissimo serial televisivo statunitense.

A far concorrenza a Jacqueline Gold ci sono altri imprenditori, a caccia di visibilità e di clienti con locali sempre collocati in posizioni strategiche per intercettare il flusso continuo dello shopping: Coco de Mer e Coffee, Cake & King a Covent Garden, Myla a Chelsea, Notting Hill e South Kensington, Harmony a Oxford Street, Agent Provocateur a Soho,

13. Vetrina del negozio Agent Provocateur, Knightsbridge.

Knightsbridge, Notting Hill e nella City, Sh! nel rinnovato
East End. Che in tutta evidenza fenomenologica la capitale abbia conosciuto nell'ultimo decennio un processo di progressiva
e inarrestabile «pornificazione» lo testimoniano innumerevoli
inchieste e analitici rapporti di autorevoli studiosi, concordi nel
ritenere che il *lifestyle* di liquida instabilità postmoderna abbia
proprio nell'esibizione e nel consumo dei gusti sessuali uno dei
principali ingredienti. «Viviamo ormai in una metropoli nella
quale ogni tipo di desiderio privato in questo ambito viene immediatamente soddisfatto e, soprattutto, dove l'eccentricità
ostentata rappresenta l'intrigante garanzia di mantenersi al passo con i tempi e con le mode», ha scritto John Walsh sull'«Independent» a commento del successo di *Erotica*, una fiera che
si tiene a cadenza annuale e che registra a ogni edizione un numero crescente di visitatori a caccia delle ultime stravaganze.

Serve ancora una prova per dimostrare oltre ogni ragione-
vole dubbio che a Londra il sesso è mainstream, un riconoscibile marchio di fabbrica della sua anima *liberal*, laica e tollerante? A fornirla è l'ente governativo per la promozione turistica, che all'inizio del 2006 ha dedicato un'apposita sezione
del suo sito a gay e lesbiche, offrendo dettagliati suggerimenti
su locali, negozi e alberghi ritenuti adatti a chi desidera esplorare questo mondo. Se sotto il profilo economico l'iniziativa ha
l'obiettivo di far crescere il valore della «sterlina rosa» (single
a caccia di avventure o coppie del medesimo sesso di provenienza straniera contribuiscono per parecchi milioni di sterline
al fatturato complessivo del turismo londinese), è tuttavia impossibile non notare come questa scelta costituisca il definitivo
sdoganamento di abitudini che, sia pur ritenute lecite sotto il
profilo legale, erano tuttavia accettate solo a patto che rima-
nessero confinate nel lato in ombra del quotidiano e non potevano certo godere dell'aperto sostegno dell'esecutivo. Stupirsi
della metamorfosi è comunque inutile, visto che a Londra l'eros
(meglio se vorace, eccessivo, cannibalico) è ormai un elemento
fondante della rinnovata identità cittadina. Al quale viene affidato il compito di rappresentare il lato ludico di un capitali-

smo di matrice postindustriale che non tollera alcun divieto e dilata a dismisura il concetto di libertà personale, garantendo a ciascuno il diritto di inseguire le proprie fantasie sessuali e di travestirsi a piacimento. È bene che ne sia consapevole chi ancora crede nell'antico adagio «niente sesso, siamo inglesi». Di quel diniego si è infatti persa memoria, è scomparso dalla scena insieme ad altri vecchi e inutili stereotipi di cui ben pochi avvertono la nostalgia.

I parchi.

Occorre chiamare in causa accuratissime rilevazioni satellitari per convincersi che non si tratta di un errore, che gli spazi verdi continuano a costituire una parte davvero rilevante dell'immensa area metropolitana dove ogni giorno si aprono centinaia di nuovi cantieri e il settore dell'edilizia è in pieno sviluppo. «Oltre un terzo della superficie della città è ricoperto da un prato o da un bosco», conferma Peter Ackroyd nel suo saggio nel quale cita i dati emersi da stime recenti e attribuisce l'origine dell'amore per i parchi e per i giardini pubblici alla vitale necessità sempre avvertita dai suoi abitanti di avere a disposizione luoghi che li mettano al riparo dal rumore e dal trambusto della normale routine quotidiana. Probabilmente non esistono al mondo altre capitali in grado, come Londra, di offrire tanto verde nelle aree centrali. Sotto il profilo storico il merito va attribuito per intero alla Corona, che ha destinato a uso pubblico i terreni nei quali i sovrani andavano un tempo a caccia, sottraendoli a qualsiasi speculazione dopo averli acquistati (oppure confiscati) nel corso del Cinquecento e della prima parte del Seicento. Già durante il XVII secolo gli aristocratici potevano passeggiare per St James's Park, per Green Park o per Hyde Park (dove nel 1665, appena scoppiò una terribile epidemia di peste, migliaia di persone si accamparono con la vana speranza di sottrarsi al contagio), mentre fu necessario attendere il XIX secolo per veder spalancati i cancelli di Kensington Gardens e di Regent's Park. Alla periferia orientale e occidentale venivano intanto realizzati a partire dal Cinquecento altri due parchi che presto costituirono una meta abituale per molti cittadini alla ricerca di quiete: Greenwich Park e Richmond Park che oggi, insieme agli adiacenti prati di Wimbledon, si estende per quasi novecento ettari, guadagnandosi il primato dell'ampiezza in ambito europeo.

Il verde, a Londra, colora e ingentilisce anche zone dove nessuno si aspetterebbe di trovarlo. Svela in proposito Ackroyd:

> Ancora oggi esistono molti giardini «segreti» dentro la stessa City, vestigia di vecchi sagrati che riposano tra i lucidi edifici della finanza moderna. Questi giardini della City, talvolta solo pochi metri quadrati di erba o di cespugli o un albero, sono esclusivi della capitale; la loro origine risale al periodo medievale o al sassone, ma come la stessa città sono sopravvissuti a secoli di costruzioni e ricostruzioni. Ne esistono ancora settantatre, oasi di silenzio e di sollievo.

La capacità che questi giardini «segreti» hanno di resistere nel tempo conferma la ragione della incredibile forza attrattiva della *green London*, probabilmente l'unico spazio all'interno della metropoli a non avere subito alcuna metamorfosi davvero significativa. Per milioni di persone queste aree, indipendentemente dalle loro dimensioni, costituiscono una sorta di Eden incontaminato nel quale trovare sollievo e cercare riposo, servono a difendere e proteggere una dimensione privata messa sempre piú a rischio dai ritmi imposti dagli orari di lavoro, rappresentano un simbolo di libertà. Proprio in uno dei parchi di maggior fascino, del resto, si diedero appuntamento nel 1866 migliaia di cittadini che desideravano protestare in maniera pacifica contro una legge che avrebbe impedito «ogni assembramento ritenuto sedizioso dalle autorità di polizia». Sei anni dopo la battaglia per veder riconosciuto a chiunque il diritto di incontrarsi a Hyde Park per discutere di qualsiasi argomento veniva vinta e la norma ritirata dal governo: nasceva cosí la tradizione dello *Speaker's Corner*, come venne subito definita la piccola striscia al confine orientale del parco verso Piccadilly nella quale ognuno, sin da allora, può salire la domenica matti-

na su un piccolo palco portato da casa e lanciarsi in infiamma-
ti comizi a beneficio di chi è disponibile ad ascoltarlo.

Non sembra perciò azzardato identificare nell'amore scon-
finato per quel verde accuratamente protetto nei grandi parchi,
nelle piazze centrali alberate, nei giardini piú o meno «segreti», un tratto antropologico caratteristico degli abitanti della
città. I londinesi, nel corso della loro storia plurisecolare, si sono adattati a tutti i cambiamenti di natura politica, economica
e sociale che il progresso ha loro imposto, ma hanno sommes-
samente chiesto e ottenuto in cambio la conservazione di spazi dove poter continuare a sentirsi liberi, a mantenere un legame con la natura. La *green London*, in altre parole, viene per-
cepita come una dimensione alternativa, sottratta per sempre
alle regole che segnano i processi di accumulazione dei profitti, un territorio incontaminato nel quale trovare rifugio quando si avverte l'insopprimibile necessità di concedersi una pausa. Il tempo sembra scorrere con un ritmo diverso all'interno di
questa enorme porzione di superficie urbana, diffusa in maniera armoniosa tra il cuore della metropoli e la periferia, nonostante solo poche centinaia di metri spesso la separino dalla città
caotica e frenetica. Negli immensi parchi reali, insomma, ci si
può ancora illudere di non essere obbligati a scendere a patti
con il presente, di ignorarne le esigenze. Ecco perché i londinesi continuano ad affollarvisi. Anche se sanno bene che la sosta e il tuffo nel passato non possono protrarsi all'infinito e che,
prima o poi, dovranno avviarsi verso l'uscita e riprendere le normali attività quotidiane.

Ringraziamenti.

È stato Edmondo Berselli a suggerirmi l'idea di questo volume e a offrire preziosi consigli durante la stesura. Andrea Romano ne ha seguito la nascita, accompagnandola con la sua competenza sui temi britannici. Bruno Simili si è accollato l'ingrato compito di leggere e rivedere i capitoli, contribuendo in misura decisiva a dar loro forma e solidità. Giuseppe Berta ha generosamente accolto ogni mia richiesta e garantito un formidabile supporto intellettuale. Da Roberto Curci, Gabriella Ziani e Roberto Weber, antichi amici triestini, sono arrivate ottime indicazioni. Ugo Berti, Licia Conte, Gino Scatasta e Giordano Vintaloro hanno risposto con la consueta disponibilità alle mie domande. Spetta infine a Maria Teresa Polidoro il merito di aver trasformato, con le sue proposte, quello che era un semplice testo in un libro.

Backstage bibliografico

Ricostruzioni storiche, testimonianze di viaggiatori, dotti studi accademici. Il materiale bibliografico su Londra è enorme: centinaia di titoli per esaminare ogni aspetto della vita e dello sviluppo della città. Un criterio di scelta (personale e, perciò, arbitrario) si impone nel suggerire testi utili per eventuali approfondimenti su singoli temi, che si affiancano a quelli già chiamati in causa durante il racconto. In ogni caso si è deciso di privilegiare i volumi recenti (e, dunque, reperibili con maggiore facilità), dando spazio soprattutto ai libri scritti in italiano o ancora disponibili in traduzione.

Della Londra sotterranea, della labirintica rete della metropolitana inaugurata, prima al mondo il 9 gennaio 1863, parla Alex Roggero in *Il treno per Babylon* (Feltrinelli, 2003). È a *Londra* di Mario Maffi (Rizzoli, 2000) che bisogna ricorrere per capire il legame speciale tra i londinesi e il Tamigi o gli altri corsi d'acqua che attraversano la metropoli. Il miglior racconto di una crescita plurisecolare è nel monumentale *Londra. Biografia di una città* di Peter Ackroyd (Frassinelli, 2004), mentre Corrado Augias fa luce con la consueta abilità sui *Segreti di Londra* (Mondadori, 2003) e Roy Porter analizza ogni dettaglio significativo di quanto accaduto a partire dall'epoca Tudor in *London. A Social History* (Penguin, 2000). Sulla Londra contemporanea, poi, si soffermano Antonio Polito in *Cool Britannia* (Donzelli, 1998), Antonio Caprarica in *Dio ci salvi dagli inglesi...o no! ?* (Sperling & Kupfer, 2006). Alberto Arbasino dà conto in maniera mirabile delle atmosfere degli anni Cinquanta nelle sue *Lettere da Londra* (Adelphi).

L'evoluzione dei consumi è raccontata da Terence Conran in *Terence Conran on London* (Conran Octopus, 2000). Sui cambiamenti nel mondo della moda hanno scritto Paola Colaiacomo e Vittoria Caratozzolo in *La Londra dei Beatles* (Editori Riuniti, 1996) e in *Mercanti di stile* (Editori Riuniti, 2002), Paul Gorman in *Look* (Arcana, 2001) e James Sherwood in *The London Cut. Savile Row* (Marsilio, 2007). Sul punk il libro migliore è *Il sogno inglese* di Jon Savage (Arcana, 2002).

Al maquillage dell'area centrale e dell'immagine della monarchia dedica un capitolo David Cannadine in *L'invenzione della tradizione* (a cura di Eric J. Hobsbawm e Terence Ranger, Einaudi 1987), sul difficile rapporto tra Buckingham Palace e l'opinione pubblica è utile *Dentro l'Inghilterra* di Michael Eve (Marsilio, 1990), del tempestoso matrimonio tra Carlo e Diana e delle reazioni seguite al tragico incidente parigino del 1997 si occupano Paolo Ceri in *Il popolo di Lady Diana* (Marsilio, 1998) e Paolo Mancini in *La prin-*

cipessa nel paese dei mass media (Editori Riuniti, 1998). Per un bilancio delle
novità che si sono manifestate sul fronte politico e finanziario appaiono indispensabili *The Boy* di Andrea Romano (Mondadori, 2005) e *Who Runs This
Place?* di Anthony Sampson (John Murray, 2004), a dar conto delle trasformazioni della stampa provvedono *Press Gang* di Roy Greenslade (Macmillan,
2003) e *Sultans of Spin* di Nicholas Jones (Orion, 1999).
    Degli immigrati parla Robert Winder in *Bloody Foreigners. The Story of
Immigration to Britain* (Abacus, 2005), *Sette mari tredici fiumi* di Monica Ali è
pubblicato in Italia da Marco Tropea (2003), *Un'isola di stranieri* di Andrea
Levy da Baldini Castoldi Dalai (2005), i saggi e i romanzi di Hanif Kureishi
sono proposti da Bompiani, quelli di V.S. Naipaul da Adelphi, Mondadori ha
in catalogo le opere di Salman Rushdie e di Zadie Smith oltre a *Free World*
di Timothy Garton Ash. Sulle trasformazioni urbanistiche e sui protagonisti
della scena artistica i commenti migliori sono quelli, al solito irrispettosi e sul-
furei, di Will Self in *London* (Oscar Mondadori, 2005), su musica e locali in-
daga con passione e competenza Robert Ashton in *Waking Up in London*
(Sanctuary, 2003). Il libro di Kate Fox in cui si analizzano le regole di comportamento rispettate nei pub è *Watching the English. The Hidden Rules of
English Behaviour* (Hooder & Stoughton, 2004). Chi vuole esplorare a piedi
la capitale ha a disposizione gli itinerari messi a punto da scrittori e giornalisti di fama raccolti a cura della rivista «Time Out» in due volumi: *London
Walks 1* e *London Walks 2* (Penguin, 2005). Infine per una sintesi assai affi-
dabile degli inglesi in generale e dei londinesi in particolare si consiglia il recente *A History of Modern Britain* di Andrew Marr (Macmillan, 2007). *England, England*, al pari di tutti gli altri romanzi di Julian Barnes, è stato pubblicato in Italia dall'Einaudi.

Indice

Stampato per conto della Casa editrice Einaudi
Presso Mondadori Printing S.p.a., Stabilimento N.S.M., Cles (Trento)
nel mese di settembre 2007

C.L. 18570

Edizione							Anno			
1	2	3	4	5	6		2007	2008	2009	2010